er
edition roetzer

Tiefes
aus dem
Dunkel
wächst.

G. F.

GERTRUD FINK

BÄUME IM SCHATTEN

VORWORT
von
HARRY GLÖCKNER

ORNAMENTE
von
GERHARD MÖRTL

BAUMBILDER
von
MARIA WAGNER

Die Stille
ist der Seele
Bad.

Gertrud Fink

ISBN 3-85374-151-7

Printed in Austria by Rötzer-Druck Ges.m.b.H., Eisenstadt.
Verlags- und Herstellungsort Eisenstadt.

VORWORT

Nun liegt das dritte Buch von Gertrud Fink vor. Man darf dies gewiß einen Erfolg nennen. Was ist aber das Geheimnis des Erfolges der Gertrud Fink?

Ich glaube, sie hat erkannt, was die Menschen heute brauchen. Sie steht konträr zu unserer von Erfolgsfimmel und Brutalität verseuchten Welt und predigt Schönheit, Liebe, Glück, wohlwissend, daß sie dabei mit abstrakten Begriffen jongliert.

Im Unterschied zum Titel dieses Buches ist sie längst aus ihrem Schatten herausgetreten in das Scheinwerferlicht einer wachgewordenen Öffentlichkeit. Es scheint eine nicht geringe Zahl von Menschen zu geben, die diese ungeordnete, hin- und hergebeutelte Welt einfach für Stunden vergessen möchte. Als Helfer in dieser Not bietet sich Gertrud Fink an.

Es ist ein guter Weg, von nichtstofflichen Dingen zu schreiben. Jeder Leser stellt sich unter Liebe, Schönheit, Glück etwas anderes vor. So kann dieses Buch jedem gerecht werden. Wer liest, m u ß glauben und hoffen — er m u ß die Ironie und die Zweifel zuhause lassen ...

Gertrud Fink versucht mit ihren schwachen Kräften, ein bißchen Barmherzigkeit zu geben. Niemand kann prüfen, ob es ihr gelingt, aber gewiß ist es ein Versuch, zum Sinn des Lebens hinzuführen.

Ob Überlegung oder Zufall, ich weiß es nicht. Jedenfalls aber ist der Titel dieses Buches irgendwie symbolhaft: unsere Bäume stehen heute in der Tat „im Schatten ...". Menschen und Bäume sind seit Gedenken Verbündete, Komplizen, aufeinander angewiesen. Der Mensch in seiner ‚Großartigkeit' hat dieses Verhältnis aufgekündigt und den Baum alleingelassen ...

Über Schönheit, Freude, Glück zu schreiben, ist schwer, eigentlich kann man es überhaupt nicht — Gedanken fliegen wie Schmetterlinge — entgleiten — kommen wieder und werden verworfen ...

Zum Glück entgleiten ihr nicht alle Gedanken. Einige hält sie fest und schreibt sie auf — die Gertrud Fink.

Harry Glöckner

INHALTSVERZEICHNIS

GLÜCK

ODER

NUR EIN FLÜGELSCHLAG

DIE HEIMKEHR

Nur wer die Heimat und alles Vertraute verlassen mußte, kann empfinden, was dies in seinem ganzen Umfang bedeutet. Man verliert dadurch einen Teil seines Lebens. Vielleicht die Basis des Lebens überhaupt.

Meine beiden Töchter und ich haben dies, wie unzählige Menschen auf dieser Erde, erleben müssen. Die Mädchen waren damals noch Kinder, aber doch schon so weit, daß sie einen großen Teil ihrer Kindheit in der Heimat zurückließen. Was uns in dieser Zeit des Entwurzeltwerdens am meisten fehlte, war der Mann und Vater. Durch sein Denken und Handeln hatten die Tage ihren Glanz und Wert erhalten. Seine Fantasie hatte uns auf die Welt neugierig gemacht.

Nun zog er seit Jahren immer weiter nach dem Osten, in einem Heer, das sich wie eine graue, sengende Flamme über das fremde Land warf.

Es war nun meine Aufgabe, irgendwo in der Freiheit wieder ein Heim zu schaffen, damit wenigstens meine Töchter wieder Wurzeln fassen konnten.

Vorerst ging es aber darum zu überleben und Tag für Tag die notwendige Ernährung zu beschaffen.

In einem Bauernhaus, nahe der Grenze, wurden wir aufgenommen, und durch unsere Mithilfe im Haus und auf den Feldern war für unser Auskommen vorerst gesorgt.

Eines Tages, als ich gerade in der Waschküche beschäftigt war, hörte ich die eine meiner kleinen Töchter vor dem Haus freudig aufschreien. Ich lief hinaus und sah, wie die Kleine einem fremden Mann entgegenlief. Mir stockte der Atem. Die Haltung dieses Mannes kam mir bekannt vor. Dann hörte ich: „Der Papa ist es!" Er war es. Mir fehlte die Kraft, um ihn

willkommen zu heißen. Ich nahm nur seine Hand. Sie war kalt und rauh, und ich versuchte, sie zu wärmen. Meine kleine Tochter war außer sich vor Freude und rannte fort, ihre Schwester zu suchen. Ich aber war zutiefst glücklich. Es war mir, als hätte mich der Flügel eines Engels berührt. Diese Berührung hatte leisen Bestand, und ich bewahrte sie in mir und legte sie auf meine weiteren Wege.

DAS ZETTELWUNDER

Der Zweite Weltkrieg war zu Ende. Wir hatten überlebt. Großmama überstand eigentlich alles am besten. Die stunden- und tagelangen Aufenthalte im Bunker hatte sie zu munteren Plaudereien genützt, und in allen anderen, lebensbedrohenden Situationen zeigte sie bemerkenswerten Mut und Kaltblütigkeit.

Bei Mama war es schon ein wenig anders. Sie litt, aber sie zeigte es nicht. Ihre ganze Sorge galt uns, ihrem fernen Mann und ihrem Heim. Trotz allem aber waren in ihrer Tasche, wenn wir uns am Morgen trennten und unsere Barschaft aufteilten, die praktischeren Dinge. Ich, ihre Einzige und Heißgeliebte, schleppte meine Bücher mit mir herum. Wenn ich abends bei der Heimkehr alles durch Bomben zerstört vorgefunden hätte, so wäre wenigstens mein kostbarstes Gut gerettet gewesen.

Die Zeit der Kämpfe in Wien verbrachten Mama und ich fast ausschließlich im Keller, wo wir uns mit den anderen Leuten des Hauses eingerichtet hatten.

Mama verstand es sogar, dort ein wenig Behaglichkeit zu schaffen, und ich war überhaupt mit allem zufrieden, wenn ich sie nur bei mir haben konnte.

Großmama lebte in ihrer Wohnung im ersten Stock weiter und lachte uns aus, daß wir uns so verkrochen. Ihr machte auch das pausenlose Getöse der in der Nähe unseres Hauses aufgestellten Stalinorgel nichts aus. Wahrscheinlich kam ihr da ihre Schwerhörigkeit ein wenig zu Hilfe.

Nach den Kämpfen kam der Hunger. Unsere kleinen Vorräte waren bald aufgebraucht, und dann hieß es, irgendetwas Eßbares aufzutreiben. Auch da griff Großmama wieder ein und stand oft schon im Morgengrauen in einer langen Schlange angestellt, um ein Stück Brot oder sonstige Lebensmittel zu ergattern.

Mama ließ ihrer Fantasie freien Lauf und fabrizierte auf der Herdplatte aus schwarzem Mehl und irgendwelchen Zutaten herrliche Fladen, die wir mit Heißhunger verspeisten.

Hinter allen diesen Sorgen stand aber die Sorge um meinen Vater. Wo war er und wie erging es ihm?

Einmal berichtete uns jemand, ihn in Eisenstadt mit seinen Leuten gesehen zu haben, er sei auf dem Rückzug nach dem Westen.

Mama wartete Tag für Tag und glaubte, daß er auf diesem Rückzug ja durch Wien kommen würde. Dem war nicht so, und das war gut. Viele der Soldaten, die oft schon nahe ihrem Zuhause waren, wurden einige Straßen davor wieder gefangen und es begann neuerlich der Marsch nach dem Osten und nicht selten in den Tod.

Es war Frühling geworden, und wir begrüßten die sanfte Wärme und das erste Grün so glücklich und froh, als wären wir auferstanden. Das Leben hatte uns wieder.

Durch Vermittlung der Mutter meiner Jugendfreundin bekamen wir am Lande nahe von Wien Kartoffeln, Eier und dieser Schätze mehr. Wir mußten zwar eine Nacht am Bahnhof und anschließend einen größeren Marsch in Kauf nehmen, aber das taten wir gerne.

Eines Nachts lagen wir, Mutti und ich, wieder am Penzinger Bahnhof und warteten auf den ersten Frühzug. Neben uns saß ein Mann, mit dem wir ins Gespräch kamen. Wir fragten, wohin er fahre, und er sagte nach Oberösterreich. Nun wußte Mama, daß der Bruder ihres Mannes mit seiner Familie vor Kriegsende nach Oberösterreich gezogen war. Vielleicht hatte unser Vater ihn dort gesucht und hielt sich in seiner Nähe auf. Gleich erzählte Mama dies alles dem Mann und fragte ihn, ob er vielleicht nach dem Hauptmann E. forschen könne. Sie riß von einer alten Zeitung eine Ecke ab und schrieb auf dieses Zetterl:

„Liebster Viktor! Wir leben und warten auf Dich. Deine M."

Das Wunder geschah. Der Mann traf auf meinen Vater und übergab ihm die Botschaft.

Als Papa heimkam, sagte er, daß dieser Augenblick einer der glücklichsten in seinem Leben gewesen war. Wir konnten es verstehen.

Vor kurzem erst zeigte er mir dieses kleine Stück Papier wieder. Er hat es gut aufbewahrt, und ein gewisser Glanz ging noch immer davon aus.

HINTER DER STIRNE DER KLEINEN MARIE

Im Grunde genommen war der Vater ihr erster Gedanke am Morgen und ihr letzter vor dem Einschlafen. Er war einfach der Mittelpunkt ihres Lebens.

Marie hatte keine Mutter. Die Frau, die sie geboren hatte, verschwand wenige Wochen danach und tauchte nie mehr auf. Vorerst wußte das kleine Mädchen nicht, was ihm fehlte. Als sie aber in die Schule kam und alle Kameradinnen Mütter hatten, begann Marie aufmerksam zu werden. Eines Tages fragte Marie ihren Vater, weshalb sie keine Mama habe. Sie hätte eigentlich sehr gerne eine. Da wurde der Vater ernst und schaute sie ein wenig traurig an, meinte dann aber nur, er werde es ihr einmal erklären. Jetzt habe er keine Zeit. Sie möge schön ihre Aufgabe machen und solle diese unnützen Gedanken vergessen. Es fehle ihr doch an nichts. Wenn sie Wünsche habe, solle sie ihm diese sagen. Wenn möglich, würde er sie ihr erfüllen. Das wußte Marie. Sie glaubte ihm. Aber Gedanken machte sie sich trotzdem, von nun an eben heimlich.

Besonders viele dieser unruhigen Blitze durchzuckten sie, wenn gegen Abend irgendwelche fremde Frauen auftauchten, mit denen Vater ungewöhnlich nett und freundlich war. Sie hörte ihn sogar des öfteren laut lachen, was er bei ihr nie tat.

War Marie noch auf und lief einer solchen Dame geradewegs, natürlich ungewollt, in die Arme, so taten sie sehr lieb mit ihr, aber sie wußte selbst nicht warum, sie verspürte nicht den Wunsch zu bleiben, vielmehr wollte sie so rasch wie möglich weg.

Hielt sie eine dieser Damen aber fest, so schaute Marie nicht sie an, sondern unentwegt nur ihren Papa und wartete sehnlichst darauf, daß er sie zu Bett schickte. Lag sie dann in ihrem Bett, so versuchte sie, ganz still und regungslos zu liegen, um die Gedanken und Wünsche, die sie bestürmten, zum Einschlafen zu zwingen. Fast schon im Schlaf sagte sie sich immer wieder leise: „Ich hab' eben keine Mama ..."

Einmal aber war es ganz anders als sonst. Sie bemerkte, daß Papa ein besonders schönes Hemd angezogen hatte und daß am Tisch in der Sitzecke sogar Kerzen aufgestellt waren. Sie gaben ein so angenehmes, warmes Licht und erinnerten sie ein wenig an Weihnachten und den Christbaum. Sie setzte sich neben Papa, blickte ihn ein wenig abwartend an und sagte dann laut, um ja gut verstanden zu werden: „Ich bleibe noch ein Weilchen hier." „Gut", sagte Papa nur und zündete sich eine Zigarette an. Dann läutete es an der Tür. Papa ging öffnen. Marie blieb sitzen und wartete. Gespannt lauschte sie auf die weibliche Stimme, die nun erklang. Die Stimme war sehr angenehm. So angenehm, daß Marie zu zittern begann und nicht nur ein Zopfende, sondern beide gleichzeitig in den Mund steckte. Als die Wohnzimmertüre aufging, ließ Marie sofort die Zöpfe los und legte sie, rasch und ordentlich, auf den Rücken.

Beim zuckenden Schein der Kerzen erwachte etwas in Marie, das sie nicht kannte, aber sicher schon lange in sich getragen hatte. Ein heißer Sturzbach von Gefühlen brach los und ergoß sich über die junge Frau, die neben ihr Platz nahm.

Alle Gedanken ihres kleinen Gehirnes kreisten von nun an um diese Frau. Sie liebte ihren Papa wie bisher, aber hier holte sie sich all jenes, daß wußte sie ganz genau, das sie nur bei diesem weiblichen Wesen bekommen konnte.

Die folgende Zeit war wunderschön, und vor dem Einschlafen sagte sie sich oft: „Es ist, als wäre jeden Tag Weihnachten ..."

Eine leise Unruhe aber blieb in ihr. Was würde geschehen, wenn diese Frau eines Tages nicht mehr wiederkam, wie die vielen anderen, die sie schon kommen und gehen gesehen hatte? Fast täglich fragte sie deshalb Papa: „Wird die Frau heute wiederkommen?"

„Ja, ich glaube schon", sagte Papa ein wenig lächelnd. „Vielleicht kommt sie aber morgen nicht mehr, wenn du beim Essen wieder so laut schmatzst." Sofort aß Marie so lautlos, daß man eine Stecknadel fallen hören konnte.

Sie beobachtete in Gegenwart der Frau die Blicke ihres Vaters und war beruhigt, wenn diese ihr geduldig erschienen. Sie drückte sich dann an die Frau und genoß ihre Wärme.

Immer wieder aber beschlich sie Angst und ein wenig Unruhe, alles könnte bald wieder zu Ende sein. Dabei nahm sie sich schon öfters vor, „Mama" zu der geliebten jungen Frau zu sagen. Sie hatte nur noch nicht den Mut dazu gefunden.

Marie fühlte es instinktiv, daß das Glück einer dünnen, leicht zerbrechlichen Glaskugel gleicht und daß es sich wie die Seifenringe, die sie so gerne schillernd vor sich hinblies, allzu rasch in Nichts auflösen konnte. Aber noch war ihre Stirne glatt und voll Hoffnung, und sie genoß die Liebe, als würde sie nie enden.

DER TRÖSTENDE SCHEIN

In seiner Göttlichen Komödie sagt Dante, daß wir uns im Leid nicht des vergangenen Glückes erinnern dürfen. Die geschlagenen Wunden könnten sonst nie heilen.

Dem kann ich nicht beipflichten. Und ich kann es aus Erfahrung beurteilen, wie man in folgendem lesen wird.

Ich bin Mutter eines Sohnes gewesen. Von der Stunde seiner Geburt an war er der Inhalt und Mittelpunkt meines Lebens. Jede Mutter wird mich verstehen.

In einer Stunde — die Erinnerung daran zerreißt mir fast das Herz — brachte man ihn tot nach Hause. Vorerst konnte ich es nicht glauben, daß dieser fröhliche und glückliche junge Mensch nun nie mehr lachen sollte. Ich wollte irgendetwas tun, um diesen furchtbaren Traum zu verscheuchen, denn es schien mir wie ein Traum. Mit etwas mußte ihm doch zu helfen sein. Ich zermarterte mein Gehirn nach Möglichkeiten.

Es war ihm nicht mehr zu helfen.

Bis ich dies in seiner grausamen Tiefe erfaßte, verlor ich die Besinnung und in den hintersten Höfen meines Gehirnes erwachte etwas, das der Hoffnung glich, denn ich dachte zu sterben. Ich war froh darüber. Es schien mir der fieberhaft gesuchte Ausweg.

Aber ich kehrte in das Leben zurück, in dieses Leben, das mir in keiner Weise mehr lebenswert dünkte.

Die Tage und Jahre aber heilen zwar die geschlagenen Wunden nicht, dennoch umhüllen sie diese mit vielen leichten Tüchern in den verschiedensten Farbnuancen, so daß wir sie vor der Außenwelt verbergen können. Langsam tauchten vor mir die Stunden und Tage des gemeinsam erlebten Lebens auf, und siehe da, ein Glücksmoment nach dem anderen stand auf und sandte mir sein Leuchten.

Nun gehe ich durch die Tage und trage das Glück und die Freude, die mir mein Sohn einst schenkte, wie ein kostbares Licht in mir.

Ich möchte leben, um dieses Licht zu bewahren.

Dies gibt meinen Tagen Wärme und Sinn.

Es tröstet mich.

Laßt mich nun schweigen und still in seine helle Flamme blicken.

DIE GESCHENKTE LÜGE

Vieles lag hinter ihr an Schönem und weniger Schönem, wie es im Leben eben geht. Sie hatte Tragik und Trauer mehr als einmal überwinden müssen. Und da sie eine Frau mit tiefer Empfindungsfähigkeit war, hatte sie wirklich und wahrhaftig gelitten.

Nun da sie die zweite Hälfte eines Jahrhunderts begann, zeigte sie noch immer nicht die Resignation der Reife. Sie war voll von Hoffnung und Sehnsüchten und ihr Herz warm und liebesfähig.

Im Frühling empfand sie das Alleinsein besonders schwer. Die Menschen kamen wieder mehr aus ihren Häusern heraus und wanderten gemeinsam über die lichtgrünen Wege, aber sie ging wie stets alleine.

Bei einem Spaziergang durch den erwachten Wienerwald begegnete sie eines Tages einem Mann. Auch er ging alleine. Er war groß und schlank, hatte eine gute Form des Kopfes und bewegte sich irgendwie harmonisch. Als sie sich schon fast gegenüberstanden, bemerkte die Frau, daß er noch verhältnismäßig jung war. Sicher jünger als sie.

Plötzlich kam es ihr sonderbar vor, daß sie sich über diesen Fremden so viele Gedanken machte. In diesem Augenblick stand sie auch schon vor ihm und machte eine rasche Bewegung, um an ihm vorbei und weiter zu gehen. Er sah sie aber fest an und sie blieb wie gebannt stehen. Da lächelte er, und sein Lächeln war sehr schön. Es erfaßte auch seine Augen und blinkte darinnen auf, als ob es kleine Lichter entflammt hätte.

Nun lächelte auch sie ein wenig. Sehr zaghaft und zurückhaltend, denn sie glaubte, sich nicht richtig verhalten zu haben. Sie hatte ihm zu große Bereitschaft gezeigt. Er könnte alles falsch verstehen.

Es war nicht so. Er verstand sehr gut und las in ihrem Gesicht wie in einem aufgeschlagenen Buch. Was er in diesem Buch lesen konnte, machte ihn neugierig.

Aber nicht nur Neugierde war es, was ihn auf diese Frau zugehen ließ, sondern auch ein Gefühl, über das er sich aber im Augenblick noch keine Rechenschaft geben konnte und auch nicht wollte.

Dann sprach er das erste Wort und sie ließ sich, leise plaudernd, von ihm führen. Bei einem kleinen Heurigen saßen sie im Schein einer Kerze zusammen und blickten in ihre Gläser, in denen der Wein fast ein wenig golden schimmerte.

Nun war die Frau nicht mehr allein. Sie trafen sich oft. In den Stunden, die sie nicht beisammen waren, füllten die Gedanken an den jüngeren Mann die Frau aus.

Es war aber alles anders geworden, als sie es sich erwartet und erträumt hatte. Dieser Mann stand immer ein wenig ferne von ihr, und sie konnte ihn mit ihren Gefühlen nie ganz erreichen. Eines Tages, als sie wieder durch die Natur wanderten, spürte sie eine leise Unruhe an ihm. Jetzt mußte sie bis an sein Herz vordringen, nahm sie sich vor. Der Mann wußte, was die Frau erwartete. Er wollte sie einmal ganz gelöst und froh sehen und so sagte er, daß er sie liebe. Sie blieb stehen, senkte ein wenig den Kopf und hob ihn wieder auf. Als ihr Blick den Mann traf, erschrak er ein wenig. So sah das Glück aus ... Nun wußte er es ...

Er ergriff die Hand der Frau und wollte irgendetwas sagen: Sie solle nicht so glücklich sein, oder sie solle sich beruhigen. Aber es kam ihm völlig unsinnig vor, so zu sprechen, und war es auch, wie er sogleich spürte. Dieser Moment des Zögerns hatte genügt, der Frau zum Bewußtsein zu bringen, daß es Lüge war, was der Mann ihr gesagt hatte. Sie schwieg und ging weiter.

Als sie sich später trennten, wußte sie, daß sie diesen Mann nie mehr sehen würde. Die Lüge war ein Geschenk für sie gewesen. Sie hatte es angenommen, und es hatte ihr einen Augenblick lang Glück gegeben.

Die Hoffnung auf Wahrheit aber lebte weiter in dieser Frau und sie war ihrer Seele Nahrung.

DIE KOSTBARE KETTE

Eines Tages hörte ich meine Mutter zu einer befreundeten Dame sagen: „Mein Kind tut alles für mich." Eine Welle des Glücks brandete gegen meine Sinne. Wie tat das gut zu wissen, daß sie sich so geborgen fühlte.

Dies ist fast das einzige, das wir einem geliebten Menschen in Zeiten der Bedrängnis oder wenn ihn eine schwere Krankheit befällt, wirklich geben können. Und er braucht es, mehr als alles andere.

Meine Mutter war in jener Zeit, da sie mir diesen Glücksmoment schenkte, sehr krank. Ihre Erkrankung hing über der Familie wie ein blankgeschliffenes Schwert. Dieses Schwert schwankte in den Lüften und raubte uns die Sicht. Jegliches Geschehen am Tage wurde des Lichts beraubt. Die Nächte aber waren von einer atemberaubenden Dunkelheit. Aus dem Dunkel stiegen Ängste, die sinnverwirrend die Qualen des Abschieds immer wieder erleben ließen. Noch war Mama bei mir und dennoch schien es mir zuweilen so, als müßte ich schon ohne sie leben.

Manchmal flackerte Hoffnung auf, wenn mich ihr Lächeln froher dünkte und die Augen wieder einen Schein des früheren Glanzes besaßen. Dann aber wieder hoben Tage an, über die sich eine große Verlorenheit breitete. Mama sagte dann traurig: „Bemühe Dich nicht so, mein Kind, es ist alles umsonst."

Als wäre meine Zunge glühend, widersprach ich ihr dann und malte ihr die Zukunft in den schönsten Farben. Bei manchen hellen Visionen horchte sie ein wenig auf und meinte still: „Das wäre schön."

Ein wenig von allen diesen lichten Dingen bewahrte sie trotz allem in ihrem Denken, an jenen Stellen, die einst so viel Heiterkeit geboren hatten. Alles Bemühen war vergeblich. Wir mußten sie von uns gehen lassen.

Über die vielen Jahre hinweg habe ich ihre Worte nicht vergessen, und sie gehören zu den vielen glücklichen Augenblicken, die ich durch meine Mutter erlebt habe. In meinem Herzen sind sie zu einer Kette gebunden und jeder Tropfen meines Blutes fließt über sie, des Tags und auch des Nachts.

DER HELLE HOFFNUNGSSCHIMMER

Ihre Ehe war von allem Anfang an kein Erfolg gewesen. Woran es eigentlich fehlte, hätte sie nicht sagen können. Zum großen Teil lag es wahrscheinlich daran, daß sie ihr Mann nie wirklich gebraucht hatte. Sie war sich stets ein wenig überflüssig vorgekommen, und alle ihre Bemühungen verirrten sich, verfehlten also ihr Ziel und blieben dadurch sinnlos.

Sicher lag es auch daran, daß ihr Mann einen überaus starken Freiheitsdrang besaß und eigentlich nie das tat, was man normalerweise von jemandem erwartete oder voraussetzte. Es war schwer, sich auf ihn einzustellen.

Als sie sich kennenlernten, fielen diese grundlegenden Eigenschaften nicht so stark auf. Erst im täglichen Zusammenleben zeigten sie ihre starken und schmerzenden Tücken. Dabei liebte er sie auf seine Art. Sie wußte und fühlte es, aber eine leichte Kühle wich nicht von ihr. Das Wissen, daß er ohne sie mindestens ebenso zufrieden leben würde wie mit ihr, machte sie ein wenig traurig.

Ein Kind dünkte sie als einziger Ausweg. Dieses kleine Geschöpf würde sie ganz und gar brauchen und ihre Wärme aufsaugen.

Eines Nachts, als sie versuchte, hinter ihrem Mann durch die Dunkelheit einen Weg zu finden, faßte sie einen Entschluß. Jetzt, in dieser Nacht, wollte sie Mutter werden. Ihr Herz schlug unruhig und sie hatte ein wenig Angst. Sie liebte die Natur mit all ihren Farben und Bewegungen, aber diese starre Finsternis bedrängte sie. Ihr Mann aber wollte nicht bei Tage wandern, wie es andere auch taten. Dieses lautlose Dunkel um ihn war es, was er suchte.

Als sie den Gipfel erreicht hatten, ließ sie sich ins Gras sinken. Sie hob die Hand dem Mann entgegen und er verstand. Ihre Umklammerung war so fest, daß der Mann ein wenig erstaunt in ihr Gesicht sah. Es war ihr damals so, als müßte sie sich so festhalten, um nicht in einen Abgrund zu versinken, aus dem sie sich nie mehr retten könnte.

Der Himmel zeigte im Osten einen leichten, hellrosa Schimmer, als sie der Mann freigab. Er hatte sich von ihr abgewandt und schlief. Sie wollte seine Hand nehmen, aber er entzog sie ihr — unbewußt.

So blickte sie still in den Himmel und erwartete das Aufsteigen des neuen Tages. Ob sie nun nicht mehr alleine durch diese Tage gehen würde, die immer wieder das Dunkel in Licht verwandelten?

Nach kurzer Zeit wußte sie und errechnete sich fieberhaft den Tag, an dem sie Mutter werden würde. Eine unbekannte Seligkeit ergriff sie bei diesem Gedanken. Immer wieder sah sie den Himmel vor sich, der so zart und licht die Zeugung ihres Kindes überwölbt hatte, und sie machte sich für noch größeres Glück bereit.

Ihr Mann entfernte sich in dieser Zeit der Erwartung immer mehr von ihr. Eines Tages sagte er, daß er verreisen müsse. Die Enge des täglichen Lebens erdrücke ihn fast. So ließ sie ihn gehen und schwieg. Vielleicht hätte er die Nachricht, Vater zu werden, auch nur als Beengung empfunden, und das wollte sie nicht — dem Kinde zuliebe.

Die Wochen und Monate verflogen. Ihre Tage waren von ruhiger Sicherheit und Vorfreude erfüllt, und sie war eigentlich froh, alleine zu sein.

Der frühe Morgen, an dem die Wehen einsetzten, fand sie gefaßt, und sie tat rasch alles Notwendige. Es folgten Stunden der Pein, und fremde Hände faßten nach ihrem Leib. Aber für diese Fremden unhörbar sprach sie schon mit ihrem Kind und erzählte ihm, daß der Himmel heute ein besonders schönes Licht zeige, wie zur Stundes seiner Empfängnis.

Wellen des Schmerzens erfaßten sie, und fast schwanden ihr die Sinne. Sie glaubte nun doch in den dunklen, gefürchteten Abgrund zu versinken, als sie ein zarter Schrei davor errettete. Der erste Schrei ihres Kindes. Er löste in ihr ein so starkes Glücksempfinden aus, wie sie es in ihrem ganzen Leben noch nie gespürt hatte.

Nun würde alles gut werden!

Dieses Kind brauchte sie. Der Gedanke tat gut. Sie schaute in den Morgenhimmel, und er erschien ihr heller als je zuvor.

DER GOLDENE FADEN

Vor nicht allzu langer Zeit fand man in der Bibliotheca Riccardiana in einem Band aus dem 13. Jahrhundert einige vergilbte Blätter.

Die Fachleute waren höchst erstaunt, als sie diesen Fund eingehend betrachteten und untersuchten. Überrascht stellten sie letzten Endes fest, daß es sich bei diesen Schriften um Tagebucheintragungen des Dichters Dante Alighieri handelte.

Da war zu lesen:

„19. Mai 1284

Ein lauer Frühlingswind ließ sich heute über die Stadt fallen und bewegte die Blüten an den Sträuchern und Bäumen mit wilder Hast, als wollte er jede einzelne küssen und kosen.

Der Arno schäumte graubraun durch sein Bett. Er führte die vom Regen aufgeweichte, fruchtbare Erde aus den Weiten und Tälern der Toskana mit sich und trieb sie der Mündung zu.

Dieser Fluß schien mir wie ein Gleichnis meiner Seele. Vieles hatte diese mit sich gerissen, aber es diente ihr nicht zum beständigen Fruchten, sondern einzig dafür, alles weiter zu tragen, einem unbekannten Ziel entgegen. War es das Paradies, das sie an allen Orten suchte?

Lebt nicht jeder Mensch nur dafür, um die Pforten zur Seligkeit einmal überschreiten zu können? Ist seine Geburt denn nicht der Beginn seines Todes? Und der Tod Beginn des Eingehens in das gesuchte, helle Eiland?

Ja, aber der Weg unseres Lebens müßte die in uns gelegte Saat zum Fruchten bringen. Die Früchte aber sollen das Gesicht der humanitas tragen. Die Liebe in ihren verschiedensten Gestalten sollte der Mensch zur Antriebsfeder seines Denkens und Handelns machen und nicht den Sinn auf größten Nutzen und Gewinn für die eigene Tasche richten.

Der Weg eines Materialisten ins Paradies ist weiter und sicher viel mühsamer, als der des Idealisten, denn eine Idee beflügelt und trägt den Menschen müheloser in die lichten Höhen des Geistes.

Als ich so in Gedanken versunken auf der Ponte Vecchio auf und ab ging, erfaßte mich plötzlich eine unbekannte Unruhe. Ich hob den Blick und dieser sank förmlich in ein Augenpaar von nie gesehener Schönheit und Weiche. Ein blondes Mädchen kreuzte meinen Weg. Sie war mir so entgegengekommen, als hätte sie der Frühlingshimmel vor mich gleiten lassen. Leise hörte ich sie einige Worte zu mir sagen, erfaßte aber ihren Sinn nicht. Mein Gehirn arbeitete fieberhaft daran, dieses Mädchen zu erkennen. Und da durchzuckte es mich blitzartig. Es war Beatrice, das Kind eines Nachbarns. Vor vielen Jahren, als wir noch Kinder waren, tanzten wir unter einem hellen Frühlingshimmel, so wie er sich heute zeigte, miteinander. Nur trat alles wieder in mein Gedächtnis zurück. Damals war etwas mit mir geschehen. Etwas hatte sich in mich eingegraben und war nicht mehr zu löschen.

Beatrice war schon mit ihrer Begleiterin weitergegangen. Ich aber stand wie angewurzelt da. Mein Weg war verloren, mein vorgebliches Ziel wie von mir gezerrt. Dafür aber legte sich etwas in meine Seele, das ich mit Worten nicht zu benennen weiß. Vielleicht wird einmal — in Tagen, Wochen oder Jahren — ein Name dafür erblühen. Ich weiß es nicht.

Ich weiß wenig.

Ich wußte wenig — bis heute.''

Die nächsten Blätter schienen Jahre später geschrieben, fast am Ende des Lebens dieses Dichters. Sie waren ergreifend. So vieles brannte in ihnen, Flammen, die kein Geschehen getilgt hatten.

Dante schrieb:

,,Spätsommer 1321.

Von Venedig wieder zurück. Diese Stadt übt immer

wieder einen besonderen Zauber auf mich aus. Es liegt so viel Gefühl über jedem Stein und die Wellen der Lagunen flüstern von Liebe.

Ging heute, obwohl ich mich nicht wohl fühle, in mein „Irdisches Paradies". Dieser Pinienhain außerhalb Ravennas ist für mich der richtige Ort der Meditation. Eine leichte Schwermut liegt über dem Wasser. Dennoch steigt aber von den Ufern des Flußes her Licht durch die Bäume auf. Dieses Licht gemahnt mich an das jenseitige Paradies. Ich sehne mich danach, in dieses einzugehen. Müde bin ich von meiner langen Wanderung. Ein Stern aber stand immer über meinen Tagen. Es war meine Liebe zu Beatrice. Das Glück, das sie mir in einem einzigen Augenblick geschenkt hatte, erwärmte und verschönte mein Leben.

Hätten uns die Schicksalsmächte verbunden, vielleicht wäre diese wärmende Flamme durch irgendein banales Geschehen verlöscht. So aber wurde sie dem Manne gegeben, den ihre Eltern für sie bestimmten. Aber durch ihren frühen Tod entzog sie sich dieser Gemeinschaft. Ich aber vermählte mich mit Gemma, aus der Familie Donati, wie es durch unsere Verlobung in den Kindheitstagen schon festgelegt war. Sie wurde mir eine gute Frau und Mutter meiner Kinder. An meinen Söhnen habe ich Freude und Antonia, meine stille, sanfte Tochter, ergötzt meinen Blick.

Der goldene Faden, der sich über mein Dasein schlingt, ist aber Beatrice, die Geliebte, Ungreifbare, die mich in Gottes Reich erwartet.

Ich fühle, daß sich der Faden bald zum Kreise schließt und erwarte die Reise in die neue Welt mit ungestillter Sehnsucht.

DER LEISE BESTAND

Das erste Mal hatte er sie im Hause seines Mäzen gesehen. Er war zu einem Tanz zur Begrüßung des Frühlings geladen und die Paare schritten, sich graziös an den Händen haltend, durch den Saal.

Sein Blick glitt über dieses bewegte Bild und das Auge des Malers erfreute sich daran. Es lag so große Harmonie über dieser Szene. Die Kleider der Mädchen und die Anzüge der Jünglinge stimmten mit dem Mosaik des Bodens, der Farbe der Vorhänge, ja, selbst mit den Deckenfresken in wunderbarer Weise überein.

Dann aber zog ihn ein anderes Bild geradezu magisch an. Im Rahmen des großen Mittelfensters stand ein Mädchen, weizenblond wie viele der Florentinerinnen, und von einem weiten Kleid in silber und rosa Farben leicht umweht. Im Hintergrund sah man den Turm des Domes und seine ausladende Kuppel. Dies alles war mit einem rosabläulichem Licht überzogen, das man nur in der Toskana in dieser Weichheit erleben konnte.

Das Mädchen unterhielt sich leise, es schien ihm fast flüsternd, mit einem Jüngling, der vor ihr stand. Dieser hatte nicht einmal seinen Umhang abgelegt, der übrigens dem Maler auch durch seine violette Farbe und die eingestickten silbernen Vögel auffiel, und er machte einen gehetzten Eindruck.

Als der Maler gegen Abend den Palazzo verließ, blieb das Bild dieses Mädchens in seinen Sinnen haften und er versuchte, die Erinnerung über die Tage hin zu bewahren.

Kurze Zeit später erschien ein älterer Mann bei ihm, der ein Bild seiner Tochter von ihm gemalt haben wollte. Sie einigten sich über den Preis des Auftrages und setzten eine Stunde für den Beginn der Arbeit fest. Pünktlich zur festgelegten Zeit hörte er seinen Diener das Tor öffnen. Er lief die Stufen hinab, und wer kam ihm da, gesenkten Blickes, entgegen? Dieses Mädchen, das er seither nicht vergessen hatte, begleitet von einer Dienerin. Er verbeugte sich tief und verbarg damit die große Freude ein wenig, die ihn erfaßt hatte.

Das Mädchen sprach wenig, ließ sich auf dem hohen Stuhl nieder, der neben der Staffelei stand, und blickte ruhig und gelassen vor sich hin.

Sie wirkte unaussprechlich liebreizend. Heute trug sie ein hellgrünes Kleid, das mit zarten rosa Rosen durchwirkt war. Ihr Haar umfaßte ein goldenes Netz. Eine breite Kette, mit Perlen bestückt, zierte den Hals.

Nun folgten für den Maler Stunden, die ihn als Künstler stark befriedigten. Der Mann in ihm aber stieß bei diesem Mädchen auf eine sonderbare Kühle. Manchesmal sah sie ihm zwar in die Augen, aber dieser Blick war flüchtig und wandte sich gleich wieder anderen Dingen zu. Das kränkte ihn ein wenig und machte ihn unruhig. Auch des Nachts verfolgte ihn dies alles und er war am Morgen müde und abgespannt.

Nur eines Tages war es ein wenig anders. Es durchblitzte ihn der Gedanke, als er sie so verschlossen vor sich sah, daß dies nicht ihr wahres Gesicht sei. Sie kam ihm mit einem Mal wie eine Schlange vor, die sich gerade häutet. Ein neuer Leib war im Werden und seine Form und Wesensart lag noch unbestimmt und vage in den Lüften.

Dieses Gefühl störte ihn. Es war, als suchte er die Nähe eines Wesens, das sich verflüchtigt hatte, wie eine Vision, die man in Träumen erlebt, aber deren Konturen beim Erwachen verwischen und entschwinden.

Da zog ein Lächeln über ihr Gesicht. Ach, mein Gott, dieses Lächeln müßte man festhalten können. Es wäre etwas, das die Vergänglichkeit stillen würde.

Nun vergaß er das weibliche Geschöpf und versenkte sich nur in die Gestaltung dieses Lächelns.

Die Tage verflogen, und als er mit dem Bildnis fertig war, verschwand das Mädchen aus seinem Blickfeld und war für ihn verloren.

Was aber in ihm blieb, war die Gewißheit, daß es ihm gelungen war, ihr Lächeln einzufangen und es zu bewahren in diesem Strom des Gleitens und Fließens, der Leben bedeutet.

Dies erfüllte ihn mit warmem Glück.

DIE MORGENDÄMMERUNG DER MI-LU

Die ganze bange Nacht war sie hinter ihrer Kampftruppe hergelaufen. Sie hatte mühsam mit ihnen Schritt gehalten, denn sie fühlte sich unendlich müde.

Dann war der Gegner in der Dunkelheit aufgetaucht. Er brach aus den bebenden Gebüschen hervor, und Mann für Mann fielen unter seinen spitzen Dolchen.

Mi-Lu hatte man übersehen. So war ihr, wie schon oft, durch einen bloßen Zufall das Leben gerettet. Nur das Leben. Das Schicksal wollte es eben so. Oft fragte sie sich, was es noch mit ihr vorhatte. Ein wahrhaft bewegtes Leben lag hinter ihr.

Sie war die einzige Tochter eines reichen Kaufmannes in der Hauptstadt des Landes und wurde verwöhnt und mit Luxus umgeben. Dann begann der Krieg und raubte ihr Familie und Heim. Ein Soldat fand sie weinend in einer Ecke ihres Hauses und nahm sie mit sich. Aus der Ferne konnte sie noch mitansehen, wie ihr geliebtes Zuhause brennend wie eine hohe Fackel versank.

Es kamen Zeiten der Entbehrungen und Entwürdigungen, aber sie versuchte zu helfen. Mit kärglichen Mitteln sorgte sie für Nahrung ihres kleinen Kampftrupps.

Warf man ihr ein totes Huhn zu, damit sie es bereite, saß sie eine Weile da, streichelte das noch warme Tier und weinte bitterlich.

Immer mußte sie an ein Bild denken, das ihr Vater einst von einer Reise nach Europa gebracht hatte. Es zeigte eine Frau, aus Marmor gehauen, und darunter stand „Die Morgendämmerung" von Michelangelo. Genau konnte sie sich an diese Frau erinnern. Sie lag da und schob mit einer Hand den Schleier aus dem noch von der Nacht verdunkelten Gesicht, um sich dem Tage zu zeigen. Große Bereitschaft, Wärme und Liebe zu spenden, schien Mi-Lu diese Frau zu zeigen.

Jetzt dünkte es Mi-Lu zuweilen, als wollte diese Frau den Schleier langsam wieder über ihr Gesicht ziehen, damit sie dem aufsteigenden Tag nicht in das schmerzensreiche Antlitz blicken müsse.

Nun war aber nicht Zeit für Mi-Lu, in derartige Betrachtungen zu versinken. Sie mußte nachdenken, was zu tun sei, um dieser gefahrvollen Nacht zu entkommen.

Wollte sie aber überhaupt entkommen? Sie ging langsam der Waldeslichtung entgegen. Das Schicksal sollte nun endgültig über sie entscheiden.

Sah man sie, würde man sie töten. Sie wußte es. Trotz allem zeigte sie sich. Als sie aus dem Wald trat, lag schon eine bleiche Helle über dem Land. Sie ging weiter und wartete, mit einer unbestimmten Sehnsucht im Herzen.

Einige Schüsse peitschten. Sie schlugen knapp vor ihr auf. Der nächste traf sie. Sie sank zu Boden und dachte: „Nun bin ich einmal wirklich glücklich. Ich werde sterben und ausruhen."

Das war die Morgendämmerung der Mi-Lu.

DER SÜSSE KLANG

Er ließ die Arme fallen und senkte den Kopf mit geschlossenen Augen. Die Augen mußte er schließen, um zu verhindern — wenigstens für einige Momente noch —, daß Äußeres in ihn drang.

Und der mit Menschen gefüllte Saal begann aufzurauschen, als wälze sich eine turmhohe Woge gegen ihn. Eine Woge der Zustimmung und Begeisterung, aber dennoch bedrängend.

Um ihn herum saßen jene Musiker, die ein Teil von ihm geworden waren. Diese Männer jeder Altersstufe und einige Frauen, ja, Mädchen, die ihnen eingestreut waren, sie stellten zum Teil ein Produkt seiner Formung dar. Gewiß, sie hatten Können und vor allem Begabung von draußen mitgebracht, aber manches, das wußte er, war erst unter seinen Händen gewachsen. Einige von ihnen blieben ihm noch jetzt, nach Jahren der Zusammenarbeit, fremd und verschlossen. Sie taten, was er verlangte, aber nicht mehr. Bei vielen spürte er eine gewisse Bereitschaft, seinen Wegen zu folgen. Um sie bemühte er sich am stärksten. Bereit für die Ströme anderer zu sein schien ihm die wichtigste menschliche Eigenschaft. Dann kamen jene, die ihm fast ans Herz sanken. Sie waren Musiker aus dem Gefühl heraus. Diese brauchten ihn am wenigsten. Sie besaßen das, was ein produzierender Mensch einfach haben muß — starkes Gefühl und den heißen Willen, es anderen mitzuteilen.

Aus diesen vielen aber ragten einige ganz wenige heraus — die Genies. Oft kam es vor, daß ein großes Orchester nicht ein einziges in seinen Reihen hatte. Sie sind nicht so dicht gesät wie Kornblumen auf dem Felde.

Er aber fühlte es schon lange, daß unter seinen Leuten eines blühte. Es reifte noch langsam heran. Die Blüte tauchte vor ihm auf in Gestalt eines jungen, dunklen Mannes, und er spürte sofort den Duft des Auserwähltseins.

Durch Monate hindurch beobachtete er nun diesen jungen Menschen, hielt aber Abstand zu ihm. Ein solcher Künstler vertrug es nicht, wenn man ihm zu nahe kam. Man störte leicht seine Kreise.

Wie viele der außergewöhnlich begabten Menschen fand auch dieser schwer Zugang zu den anderen. Er, als Chef des Orchesters, hätte vermittelnd eingreifen können, aber er tat es nicht und wartete. Heute, vor wenigen Minuten war es dann geschehen. Er hatte gerade die Streicher gedämpft und gab dem jungen Geiger das Zeichen zum Einsatz seines Solos, welches in das Konzertstück von Richard Strauß eingebaut ist. Das Orchester verstummte, er hob den Kopf und blickte dem jungen Geiger in das ihm zugewandte Gesicht. Was er in diesem Gesicht liegen sah, erschreckte ihn fast. Diese tiefe Versunkenheit schlug ihm wie eine Botschaft aus einer anderen Welt entgegen.

Die Klänge, die sich dann erhoben, verstärkten nur seine Ansicht. Er glaubte nicht, daß das Publikum wußte, was gerade geschah. Es fand sicher einfach schön, was es zu hören bekam. Er aber, unter dessen Händen diese Stelle schon hunderte Male erklungen war, wußte um jenes, das hier anders war. Heute und in diesem Augenblick war er glücklich gewesen und erfüllt und hatte den süßen Klang in sich dringen lassen wie eine Labung.

Nun mußte er sich dem Leben wieder öffnen. Er wendete sich dem Publikum zu, verbeugte sich und zeigte auf sein Orchester. Heimlich aber blickte er auf das Gesicht des jungen Geigers. Es war nun still und schön wie das Meer nach einem starken Sturm.

Er trat zu dem jungen Menschen und ergriff seine Hand.

Das Publikum spendete wieder Beifall. Ihm schien es zu wenig. Er wußte aus eigener Erfahrung, daß jeder Künstler den Applaus liebt. Aber nicht nur dies. Er wußte auch, daß er die wahre Befriedigung aus seiner Seele schöpft. Und er fühlte dies — der junge Geiger hatte die Befriedigung empfunden, und sie durchdrang ihn.

DAS GEÖFFNETE HERZ

Es war mir gelungen. Ich saß vor jenem Arzt, dessen Händen ich in wenigen Minuten das Leben meines Mannes anvertrauen mußte.

Er schien mir ein wenig müde. Ich konnte es verstehen. Der späte Nachmittag glitt schon langsam in den Abend und dieser Mensch hatte bereits viel Kraft verbraucht. Um diese Zeit setzte er nur mehr Operationen an, die dringend und unaufschiebbar galten.

Vielleicht bedrückten ihn auch private Sorgen, oder nicht alles war seit dem frühen Morgen so verlaufen, wie er es sich vorgestellt und erwünscht hatte.

Jedenfalls saß er mir nun völlig verschlossen gegenüber. Seine Fragen an mich waren knapp und präzise und ich bemühte mich, ihm ebenso zu antworten, um die kostbare Zeit nicht zu vergeuden.

Ganz vorsichtig streute ich aber Gedanken und Worte ein, die den Menschen in diesem Arzt berühren sollten. Vorerst hob er nur für kurze Momente den Blick. Seine Augen waren leicht verschleiert und die Brille spiegelte so, daß ich ihren Ausdruck nicht erkennen konnte. Ich machte gefühlsmäßig einen größeren Schritt auf ihn zu und plötzlich ließ er Bedenken laut werden. Er tastete die verschiedensten Möglichkeiten der Diagnose ab. Eine Vermutung war todbringender als die andere. Mein Herz begann wie rasend zu pochen. Hatte ich etwas versäumt? War es meine Schuld, daß es zu dieser Anhäufung düsterer Prognosen gekommen war? Der Arzt hatte meinen Mann noch nicht gesehen, nur das Röntgenbild lag vor ihm und er hatte den Auftrag seines Chefs zu operieren.

Von Minute zu Minute dünkte es mich aber — vielleicht war es auch nur eine Halluzination meiner bebenden Nerven — wurde dieser erteilte Auftrag für diesen Arzt mehr. Die vielen Symptome, die ich ihm nannte und meine Darstellung der schleichenden Verschlechterung des Gesamtzustandes meines Mannes fielen tropfenweise in seine Sinne und er verdichtete sie dort zu einer Ansicht. Der Arzt in diesem Mann wurde nun hinter der scheinbar verschlossenen Fassade hellwach und neugierig.

Das genügte mir noch nicht. Ich drang weiter in ihn. Meine Worte flogen ihm entgegen, denn ich hatte Angst, daß seine Zeit und seine Geduld schon verbraucht sei.

Da schaute er mir gerade in die Augen und meinte ruhig, aber mit Wärme in der Stimme, wie mir schien: „Seien Sie unbesorgt. Ich werde mein Möglichstes tun."

Ich lächelte ihn unter Tränen an und stand auf. Mit zitternden Händen nahm ich meine Tasche, bedankte mich und wollte gehen. Er hielt mich aber zurück und sagte: „Warten Sie auf mich, wenn ich aus dem O.P-Raum komme."

Für einen Augenblick vergaß ich alle Ängste und Besorgnisse. Ich war glücklich. Dieser Mann hatte sein Herz geöffnet.

Nun überkam mich leise Zuversicht.

IM NEUEN HEIM

Als ich von meinem alten Zuhause Abschied nahm, da erinnerte ich mich an manches Geschehen in diesen Räumen. Seufzer wurden laut, aber auch frohes Lachen erklang und fast schien es mir, es verschlang alle dunklen Töne.

Glücklich war ich und zu Zeiten traurig und besorgt, wie es eben im Leben geht.

Es stand das Bett vor meinen Augen, noch leicht zerwühlt, aus dem man einst die Großmutter nach langem Leiden gehoben und fortgetragen hatte. Daneben auf der Decke glaubte ich noch die runde Mulde zu sehen, in die sich mein kleiner Dackel geschmiegt hatte. Ich hörte noch seinen durchdringenden Schrei, als er mich eines Tages in ein Auto einsteigen und wegfahren sah. Beim Heimkommen saß der kleine Hund verstört in einer Ecke und warf nur ab und zu einen mißtrauischen, aber schon mit Liebe vermischten Blick auf mich. Lange brauchte er, bis er wieder fröhlich wurde und sich meiner Gegenwart sicher fühlte.

An so vieles mußte ich denken. Auch, daß meine Mutter hier noch aus- und eingegangen war an jenen Morgen, da ich sie verloren hatte, meine Großmutter laut schluchzend neben mir saß und ich aufs Bett sank, mit dem Wunsch, nie mehr zu erwachen.

Später aber saßen wir oft still und harmonisch beisammen und genossen die Gemütlichkeit unseres kleinen Heimes. Es dünkte mich, als ob ich Wärme und Leben aus den Räumen heben könnte, um es in das neue mitzunehmen. Und ich tat es und nistete die Wärme und Behaglichkeit in die Ecken der neuen Wohnung, damit sie dort ihre Wurzeln schlagen konnten.

Ich brachte damit ein Stück meines Lebens in die

neuen Räume, die nun von meiner Zukunft erfüllt sind. Gute und schlechte Stunden und Tage werden es sein, aber sie werden erwärmt von jenen Blüten, die aus den Wurzeln meiner Vergangenheit erblühen und werden den Meinen und mir die Geborgenheit eines Zuhause schenken.

DER BRIEF AUS FERNEM LAND

Briefe zu schreiben war nie meine Stärke gewesen. Ich sprach im Leben wenig aus und um so weniger gelang es mir deshalb, meine Gedanken und Gefühle in geschriebenen Worten mitzuteilen.

Seit ich aber lange, lange Zeit in fernem Land lebe — leben muß —, ist es ein wenig anders geworden. Ich teile mich zwar im Gespräch ebenso wenig mit wie immer — vielleicht noch weniger, da die fremde Sprache eine zusätzliche Hürde darstellt —, aber es fällt mir nun etwas leichter, über meine Gedanken zu schreiben. Es entstand über die Jahrzehnte hin ein Bedürfnis in mir. Dieses Bedürfnis schlug starke Wurzeln und wurde mit der Zeit immer drängender. Vielleicht kann man die Ursache darin suchen, daß ich mich mehr und mehr, je älter ich werde, mit meiner Vergangenheit beschäftige und da wieder hauptsächlich mit jener Zeit, die ich in der Heimat verlebte.

Spricht man das Wort Heimat aus, so ist dies für Menschen, die nie durch irgendwelche Umstände dazu gezwungen waren, für längere Zeit im Ausland zu leben, ein schönes Wort, aber auch nicht viel mehr. Was Heimat bedeutet, kann nur jener in seinem vollen Umfang begreifen und fühlen, der ferne von ihr lebt.

Das beginnt schon damit, daß die Menschen dieses Landes der Fremde anders sprechen. Aber nicht nur das. Eine viel größere Barriere liegt in ihrem anderen Empfinden. Die Grundpfeiler wie Liebe, Hoffnung, Sehnsucht, Glaube, sie stehen auch in fremden Ländern, aber sie zeigen sich in ganz verschiedenen Formen.

Und diese Andersartigkeit wird nie überbrückt und man bleibt ein Fremder bis an das Lebensende.

Manchmal ist man darauf stolz, ein Fremder genannt zu werden. Zu manchen Zeiten tut es weh.

Vor allem schmerzt es dann, wenn man einen Menschen zu lieben beginnt und man nicht nur die üblichen Hindernisse zu überwinden hat, sondern vor solchen steht, die einfach unüberwindlich sind und bleiben. Seit Jahrtausenden sind diese Menschen unter anderen Voraussetzungen herangewachsen und verweht. Das Muster ihrer Seele ist so angelegt, wie es der Umwelt entspricht. Für Fremde sind diese Linien zumeist unverständlich und unentwirrbar.

Da versucht man, seine Gefühle ehrlich und mit Tiefe zu verschenken, aber sie gelangen nicht bis an das Herz des anderen. Sie bleiben irgendwo in den heißen Lüften, ratlos und vergeblich.

Das Herz, die Seele eines Menschen, dies alles muß ein Ventil haben, sonst vergeht es an den heißen Strömen. So hilft man sich mit seinen Träumen. Und in diesem Reich ist alles möglich und im Innern geschieht dann still und sehr verborgen Beglückendes.

Ein Hauch von allem jenem, das einst das Herz rascher schlagen ließ, berührt es dann in dunklen, einsamen Stunden. Ein Vorhang hebt sich, und grünendes Land wird sichtbar, das im warmen Sonnenschein liegt. Die Gräser zittern leicht, und der Tau beginnt sich langsam aufzulösen. Sein Vergehen begleitet ein würziges Aroma, das man an der Haut verspürt und tief in sich einzieht.

Und über dieses Land, welches keine verzehrende Hitze der Tropen kennt, schreitet in manchen Träumen ruhig und in sich versponnen die Mutter. Sie geht leicht und frei und scheint froh zu sein. So froh, wie sie sich oftmals in meiner Kindheit zeigte. Das gibt mir Ruhe, denn lange Zeit hindurch, besonders in den ersten Jahren des Ferneseins, glaubte ich sie unglücklich und voll von Unruhe, als warte sie stündlich auf meine Rückkehr.

Nun ist es also über die Jahrzehnte stiller geworden in uns beiden und einstmals werden wir uns an der hohen Pforte einfach wieder vereinen in so tiefer Art und Weise, wie wir es vor meiner Geburt waren.

Die Geschwister tauchen zuweilen am Rand eines Tannenwaldes auf und lächeln mich an. Sie haben sich äußerlich verändert, aber ihre Augen sind jene geblieben, die ich seit der Kindheit in Erinnerung habe.

So begleitet mich meine Vergangenheit durch die glühenden Tage der Fremde, und wenn die vielen, durchdringenden Laute spät nachts für wenige Stunden verstummen, dann ersteht vor mir die Heimat mit all ihren vertrauten Farben, Gerüchen und Lauten, und Menschen, die dort leben und mich gerne haben, auf eine vertraute und verständliche Art, blicken mich an und sagen leise zu mir: „Es ist alles gut. Wir sind bei dir." Dann träume ich lange und viel Schönes.

DAS LICHT DES FÜHLENS

Er fühlte so vieles, das anderen ein Leben lang verborgen blieb.

Rührte er an jene, die er liebte, so war die Wärme ihrer Haut für ihn wie ein weites, sonnenbeschienenes Feld, darüber der Himmel blau sich spannte und die reisenden Wolken für kurze Momente Schatten warfen. Dieses Feld breitete sich vor ihm wie eine beseelte Landschaft und der Duft, der aus seinen Adern strömte, ließ den Atem des Mannes stocken.

Ja, es überfiel ihn in manchen Momenten so, als zöge man ihn fort von jenem, das wir Leben nennen und er betrete neuen, noch nie begangenen Boden.

Ließ er seine Hand sanft über das Haar der Frau gleiten, knisterte es leise und er konnte sich nicht entschließen, diese seidene Fülle zu verlassen, um seine Hände wieder kalten, glatten Dingen zu überlassen.

Die Stimme der Frau rührte ihn so an, als griffe ein Unbekannter in die Saiten eines Instrumentes, das lange nicht gespielt wurde und nun aufjubelte, freudig, endlich wieder klingen zu dürfen.

Die Frau mußte nicht zu ihm sagen: „Liebster, heute bin ich traurig." Nein. Wie sie den Raum betrat, in dem es dunkel war, aber dessen Dunkelheit ihn nicht traf, daran schon spürte er, wenn Traurigkeit ihr Wesen umhüllte.

Manchesmal versuchte sie, ihn zu täuschen. Sie ließ sich rasch und lachend neben ihn gleiten, aber sogleich roch er einen leisen Hauch vom Salz der Tränen. Da lehnte er dann sein Gesicht an das ihre und versuchte, diese Tränen durch seine Wärme zu trocknen. War die Frau aber fröhlich, dann brauchte sie nur die Hände in seiner Nähe zu heben, um Blumen oder irgendwelche Dinge ordnend zu berühren und ihn umfloß, einer Wolke gleich, diese ihre frohe Harmonie.

So ging er durch die Tage — ein Blinder —, wie wir Sehenden ihn nennen. In Wahrheit aber schaute er mit unendlich vielen Augen seiner Seele, getaucht ins Licht seines Fühlens. Seine Sicht war weit. Sie war unendlich.

TRÖSTENDER HINTERGRUND

Die Tür schloß sich mit einem seufzerartigen Laut, und er war alleine.

Damit begannen die Stunden seiner Arbeit. Mancher würde meinen, daß seine Tätigkeit nicht eigentlich als Arbeit bezeichnet werden könnte. Dies konnte aber nur jener Mensch finden, dem noch nie ein Thema vor die Füße geworfen wurde, damit er nun, so rasch als möglich, eine Geschichte daraus machen sollte, die packend und, wie man so schön sagt, „lebensnah" die Zuhörer zu Begeisterungsstürmen hinreißen müßte.

Was fesselt die Menschen in unseren Tagen aber überhaupt noch? Der Durchschnitt sucht in allem im Grunde genommen sich und seine Probleme hinter den geschriebenen oder gesprochenen Worten. Gleichzeitig aber wünscht er eine ideelle Lösung angeboten zu bekommen, die seinen persönlichen Wert nach Möglichkeit stark erhöht.

Er wußte dies alles. Und dennoch — wie er nun in der stillen Wohnung alleine vor dem Schreibtisch saß und die Blicke über die dichtgedrängten und die Wände fast zum Zersprengen füllenden Bilder gleiten ließ, erfaßte ihn ein ganz eigenartiges Gefühl. Es drang immer besitzergreifender in ihn und ließ sein Herz unruhig pochen.

Was ihn plötzlich ergriff, war irreales Fernesein. Ein Fernesein in längstvergangenen Zeiten, da die Menschen, die ihn aus den Bildern heraus anblickten, lebten und wirkten. Wie hatten sie einst geglüht und sich dem Leben nahe gefühlt und alles verging und verwehte, als wäre es nie geschehen.

Wie kurz ist die Dauer des Realen, Sichtbaren, Greifbaren? Ein Augenblick oft nur, und schon ist es nicht mehr reale Wirklichkeit, sondern nur mehr empfundene Vergangenheit. Hat es wahrhaftig Sinn und Nutzen, dem Realen Dauer und Prägung durch das Wort zu verleihen? Ist es vielmehr nicht die Summe jeglicher Unrealität, die das Wesen des Menschen bestimmt?

Ein wenig müde geworden, ließ er sich in Träume sinken, auf deren transparentem Hintergrund ihm Gestalten begegneten, die unwirklich dünkten, aber deren warme zärtliche Blicke ihn mit sonderbarem Glück erfüllten.

SIE VERZEIHEN NICHT

Endlich war der Tag der Verhandlung herangekommen. Erleichterung erfüllte die Angeklagte. Wenn man ihr sagen würde, warum sie gefangengenommen worden war, so hätte sie vielleicht die Möglichkeit, die Anschuldigungen zu entkräften.

Wessen konnte man sie überhaupt bezichtigen?

Sie kramte Tag und Nacht in ihrer Vergangenheit. Manches, das auftauchte, schien ihr als nicht richtig bewältigt, aber so, daß man deshalb ins Gefängnis mußte, so hatte sie nicht gedacht oder gehandelt. Ihr dünkte es wenigstens nicht als etwas, das gegen Recht und Ordnung verstieß. Manches Mal war sie von einer starken Ungeduld überschwemmt gewesen und hatte dadurch sicher in gewissen Situationen nicht richtig reagiert. Am Grunde ihres Herzens lag aber immer etwas Positives, auch in den heftigen Augenblicken. Nun, man mußte abwarten. Warten hatte sie ja schon gelernt.

Ein wenig zitterte sie bei dem Gedanken, sie müsse weiter und weiter warten, warten auf den Spruch, wieder frei zu sein.

Da öffnete sich die schwere Türe und man holte sie in den großen Saal, wo Recht gesprochen wurde.

Der Weg führte über endlos lange Gänge, die nur durch künstliches Licht erhellt waren. Die Luft roch nach dem Atem der Unfreiheit.

Die Bewacherin, die ihr den Weg wies, lächelte sie ab und zu ein wenig an, wenn sich ihre Blicke trafen. Die Angeklagte wollte vor den Richter, um endlich zu hören, was sie verbrochen hatte.

Rasch ließ sie während des Gehens noch alle ihre schlechten Eigenschaften in ihrem Gedächtnis vorüberziehen, um zu wissen, wogegen sie sich nicht verteidigen durfte, weil es der Wahrheit entsprach.

Dann öffnete sich eine hohe Türe und ein kahler Raum lag vor ihr, den man eher als Zimmer, denn als Saal des hohen Gerichtes bezeichnen konnte. Eine Sesselreihe war aufgestellt, aber niemand wollte scheinbar ihrer Aburteilung beiwohnen, denn sie war leer.

Man führte sie zu einem langen Eichentisch und bedeutete ihr, sich zu setzen.

Nach wenigen Minuten trat durch eine Seitentüre der Richter, ihr Richter, mit seinem Gefolge ein. Er machte ein gelangweiltes, mißmutiges Gesicht. Er dürfte die vorangegangene Nacht nicht gut geschlafen haben oder er hatte vielleicht Schwierigkeiten in seinem privaten Leben. Kein Schimmer von Glück oder ein wenig Freude lag über ihm, und auch nicht über jenen, die ihm folgten.

Sicher ist es nicht leicht, immer nur mit Menschen beschäftigt zu sein, die sich gegen Recht und Ordnung stellen und es verfärbt die Tage, aber irgendwo müßte sich doch ein Funken erhalten haben, dachte die Angeklagte, die trotz ihrer Unfreiheit noch immer ein wenig Helle ausstrahlte.

Sie hatte sich zur Begrüßung des Richters erhoben und ließ sich nun nach einem kurzen Wink seiner Hand, die sonderbar weiß und kraftlos wirkte, wieder auf der Holzbank nieder. Sie wartete.

Man verlas ihren Namen, geboren ... wohnhaft und dann hob der Richter den Blick, sah sie für wenige Augenblicke scharf an und gab dem Staatsanwalt ein Zeichen, ihre Vergehen vorzutragen.

Und dann begann dieser Mann — er hatte eine rauhe unangenehme Stimme —, ihre Vergehen aufzuzählen. Ihre Grundeinstellung zum Leben und den Menschen sei schon von Jugend an vollkommen falsch, ja verwerflich gewesen. Sie habe an die Menschen größte Ansprüche im geistigen und humanitären Bereich gestellt und wäre, wenn diese Ansprüche nicht erfüllt wurden, mit großer Vehemenz und Ungeduld darangegangen, diese Menschen zu belehren oder zu verändern, ohne zu bedenken, daß jeder Bürger das Recht hat, auf seiner Ebene im Rahmen seiner Grenzen froh und zufrieden zu sein.

Der nächste Punkt betraf das Schicksal ihrer nächsten Umgebung, das sie in verbrecherischer Weise mit dem ihrem verknüpfte und so ihre Angehörigen in jene mühsamen Verstrickungen mitriß, in denen sie selbst verfangen war.

Dies trieb sie nicht für Tage oder Monate, nein über Jahre, ja, Jahrzehnte hinaus. Sie selbst überstand das alles in ihrer ungesunden Hilfsbereitschaft erstaunlich gut. Nicht nur das, sie machte auf ihre Umwelt einen geradezu aufreizenden glücklichen Eindruck.

Ihren Partnern aber, die gezwungen waren, mit ihr zu leben, raubte sie die Lebenskräfte. Nicht wenige ihrer Freunde sahen die Menschen, die die Angeklagte versorgte und betreute, zwar in bester körperlicher Verfassung, konstatierten aber ihre seelische Entkräftung durch die vollkommene Tyrannisierung durch die Angeklagte.

Sie aber ging durch die Tage, griff immer neue Ideen auf und lebte, wie man von ihr nicht einmal sagen hörte, der Vermenschlichung.

Sie sah Dinge, an denen die meisten achtlos vorbeigingen und freute sich in ihrer gefährlichen Einfalt an jenem, das zur Freude überhaupt keinen Grund gab. So verärgerte sie immer mehr ihre Umwelt. Ihre Reaktion war — eine noch stärkere Intensität mit der Beschäftigung von ungreifbaren Dingen. Im wahrsten Sinne des Wortes: eine Törin, die durch ihr Verhalten in ihrer Umgebung Unzufriedenheit aufkommen ließ, vorwiegend bei jenen Menschen, die alles dies nicht als beglückend empfinden konnten, was alleine schon schwer zu bestrafen sei.

So ging es noch lange fort und dann wurde die Angeklagte gefragt, ob sie sich all dieser Übertretungen schuldig fühle.

Da erhob sich die Angeklagte und sagte laut und deutlich: „Ja."

Darauf hin wurde das Urteil gefällt. Durch ihre Untersuchungshaft sei die Strafe zeitlich abgedeckt. Für die Zukunft sei sie weiterhin dazu verurteilt, als Törin durch die Tage zu gehen.

Die Angeklagte grüßte freundlich und sichtlich erleichtert, verließ den Raum, das Haus und den Platz und freute sich so sehr an dem Licht des Himmels und der weichen Luft, daß ihr Gesicht zu leuchten begann.

So ging jene ins Leben, der man nicht verzeihte.

ECHO

ODER

DIE REDENDEN STEINE

Aus Erde sind wir.
Zu Erde werden wir.

DER STEINERNE KNABE IM BRUNNEN DES PALAZZO VECCHIO HOFES

erzählt:

Täglich zur nämlichen Stunde hörte ich die Stimme der Großmutter meines Herren näherkommen. Sie unterhielt sich sehr lebhaft mit den Männern, die sie, auf einem hohen Stuhl sitzend, die Treppen heruntertrugen. Dann überquerten sie meinen Hof. Nicht selten passierte es, daß die Großmutter anhalten ließ und abfällig vor sich hinmurmelte. Sie fand die Blumen um mich herum nicht genug gegossen und zupfte da und dort, so weit sie reichen konnte, die vertrockneten Blüten heraus. Mit einer unzufriedenen Gebärde gab sie dann das Signal zum Weitergehen.

Vor dem großen Eingangstor setzte man sie ab. Einer der Männer blieb in angemessener Entfernung hinter dem Torbogen stehen, jedenfalls aber nur so weit, daß er, wenn nötig, sofort hilfreich zur Stelle sein konnte.

Dann hörte ich für gewöhnlich einige kleine Seufzer, die ein Pause einleiteten. Diese Pause benützte Großmama dazu, um sozusagen Bestandaufnahme zu machen, was sich auf der Piazza Signorina zeigte und was nicht.

Es machte mir jeden Tag wirklich Spaß, diese muntere Greisin zu beobachten. Wäre ich nicht aus Stein und somit kalt und hart — steinhart natürlich —, ich könnte sagen, daß ich dieser alten Frau ein warmes Gefühl entgegenbrachte, so etwas wie weiche Liebe eines Enkelkindes oder Großneffen und dergleichen.

Ihr echter, warmblütiger Enkel Cosimo zeigte sich auch des öfteren und ein wenig ungeduldig, fragte er sie: ,,Na, wie geht es dir? Hast du nicht kalt? Warum du nicht oben auf der großen, sonnigen Terrasse sitzen kannst? Eigensinnig bist du, wie eh und je." ,,Wie oft soll ich diesem Kind (er war immerhin bereits ein ausgewachsener Mann) erklären, warum ich hier und nirgends anderswo sitzen will", sagte da Großmama, ebenfalls ein wenig gereizt, ,,wo ich doch, seit ich denken kann, beim Tore meines Hauses in den Bergen saß und die Erde zu meinen Füßen duften fühlte und die Wärme der Steine meine Glieder wohlig durchzog. Ein wenig fühle ich dies alles hier auch. Ein wenig nur und dabei hätte ich Wärme jetzt nötiger denn je, denn meine Glieder sind kalt und brüchig, als wären sie aus Stein." Cosimo lachte ein wenig, strich ihr beiläufig über das Haar und ging seiner Wege.

Eines Tages verschwand die Sonne langsam hinter der Loggia della Signorina und sandte ihre goldenen Strahlen bis an meinen Brunnenrand. Sie verfingen sich im Spiegel meines Wassers und trafen mich so in zweifacher Weise.

Nun gab mir das gespiegelte Licht eine besondere Aura, die mich fast erschreckte. Es gebar Angst in mir. Wäre ich nicht festgefügt und starr gewesen, hätte ich mich in die Arme der alten Frau geflüchtet.

Sie hob gerade ihre Hände, als wollte sie sich an irgendetwas in den Lüften festhalten. Dies gelang ihr nicht und sie sank nach vorne, langsam und wie gewollt. Nun lag sie mit ihrer Wange an die Erde geschmiegt, und ihre letzten Worte waren: ,,Wie warm die Erde ist ..." Da wurde mir ganz eigen und etwas grub sich in mich ein und war weich und schmelzend. Ich bewahrte es über die Zeiten hinweg wie einen wärmenden Schatz.

Der Verstand ist Vater der Macht.
Die Seele ist die Mutter der Liebe!

DER GEFLÜGELTE STEINLÖWE AUF DER SÄULE AM MARKUS-PLATZ

erzählt:

Seht mich an, Ihr Menschen des Okzidents! Nun habt Ihr Gelegenheit dazu. Man brachte mich aus dem Orient hierher, mit vielen anderen Schätzen, und nun stehe ich hier, hoch über dem Markus-Platz und zeuge von Kraft und Macht.

Die Macht wächst aus der Kraft.

Ich zeige sie im verstärkten Maße. Meine stählernen Muskeln schenken meinen Bewegungen auf der Erde gewandte Kraft. Meine Flügel aber öffnen mir den Himmel. Denn wenn ich wollte, könnte ich mich mit ihrer Hilfe in die Lüfte heben. Und erst das Meer! Wie müßten sich die Wogen vor mir teilen!

Vorläufig versuche ich es noch nicht, denn meine Position ist zu interessant, als daß ich sie bis auf weiteres verlassen wollte.

Das einzige, was mich zuweilen stört, ist mein Nachbar. Dieser Heilige Theodor steht mir auf der zweiten Säule gegenüber und hat ein so schuppiges Vieh bei sich. Aber die Venezianer haben diesen Heiligen nun einmal zu ihrem Schutzpatron erwählt und da muß man gute Miene zum bösen Spiel machen. Dabei dürfte es den guten Leuten entgangen sein, daß ich mit meinen Flügeln große Ähnlichkeit mit ihren hochverehrten Engeln habe. Eines Tages, bei einem Gespräch mit meinem Nachbarn, das ich aus purem Entgegenkommen mit ihm führte, meinte doch dieser: ,,Das stimmt. Flügel hast du. Und dennoch trennen dich Welten von den Scharen der Engeln.''

,,Ja, weshalb denn,'' antwortete ich ihm ein wenig gereizt, und ließ meine Tatze scheinbar einmal kurz durch die Lüfte sausen, ,,vielleicht erklärst du mir das näher. Natürlich nur, wenn du in deiner grenzenlosen Heiligkeit dazu imstande bist.''

,,Das bin ich wohl,'' meinte da Theodor, still und würdig. ,,Die Engel sind die Boten der himmlischen Liebe und sie nützen ihre hohen, seidenen Flügeln dazu, um rascher zu den Menschen gelangen zu können, die göttlicher Liebe und Hilfe bedürftig sind. Deine Flügel nützen niemanden. Sie sind einzig ein Tribut deiner Macht. Macht aber hat noch wenig Hilfe der Menschheit gebracht. Zumeist bedienen sich jene ihrer, die sie nur schlecht gebrauchen können. Macht müßte sich mit der Liebe verbinden. Vielleicht könnte daraus dereinst machtvolle Liebe geboren werden.'' So sprach er und fast schien es mir, daß er sich danach leicht von mir abwandte. Dies konnte natürlich nicht möglich sein, da er doch aus Stein und daher unbeweglich war und blieb.

Unbeweglich? Aus Stein? War nicht auch ich zur Regungslosigkeit verurteilt? — Diese Erkenntnis machte mich ein wenig hilflos, denn da halfen weder meine Muskelkraft noch meine Flügel. Meine Macht war machtlos.

So werde ich es denn mit der Liebe versuchen. Hörst du mich, Herr im Himmel? Ich versuchte, meine Blicke den lichten Höhen zuzuwenden. Schon durch diesen Versuch allein wurde mir Gnade geschenkt und ich glaubte, einen Engel auf mich zukommen zu sehen. Ich verharrte regungslos. Mein Inneres durchdrang aber eine unaussprechliche Glückseligkeit.

Von der Geburt zum Tod —
ich schlage die Brücke —
hart und glatt —
denn ich bin Stein und dauere.

DIE ERSTE SÄULE LINKS BEIM EINGANG ZUR KIRCHE MARIA DELLA SALUTE IN VENEDIG

erzählt:

Die Säule neben mir, meine unmittelbare Nachbarin, wollte reden. Sie hatte ihre spröden Poren schon geöffnet, da raubte ich ihr das Wort.

Dies hat seinen guten Grund. An mir ziehen die Menschen jahrein, jahraus vorbei. Nicht an ihr. Auch sie sieht und hört so manches, aber, wie ich zu Recht behaupten kann, aus zweiter Hand. Die leisen Töne, auf die es schließlich ankommt, die gehen ihr verloren. Was sie bewahrt sind die großen Umrisse. Auch nicht zu verachten, jedoch eben ein wenig „oberflächlich". Hätte ich ihr zu reden erlaubt — ein schaler Geschmack hinge in der Luft.

So beginne also ich, und jedermann wird in Kürze bestätigen können, daß ich etwas zu sagen habe.

Der Platz, den Longhena für meine Kirche und mich wählte, ist einfach makellos. Wir übersehen alles — den wichtigsten Teil des Canale grande bis zum San Marco, den größten Saal der Welt.

Durch diese wirklich gelungene Lage entgeht mir seit meiner Erbauung niemand und nichts. Das Leben zieht wie ein vielfärbiger Film an mir vorbei. Manchmal geschieht so vieles, daß ich nicht weiß, wo ich zuerst hinblicken soll.

Dann gibt es wieder Stunden, meist des Nachts, die mit silbernen Schleiern um mich wehen und meine Adern mit süßer Stille tränken.

Tagsüber aber kann von Stille wenig die Rede sein, denn mein geliebtes Venezia ist eine betriebsame Stadt, in der die Menschen eifrig ihren Pflichten nachgehen.

Besonders eifrig, so scheint es mir zuweilen, wollen diese Menschen den Beinamen ihrer Heimatstadt, nämlich die Stadt der Liebenden zu sein, rechtfertigen, denn es vergeht beinahe kein einziger Tag des Jahres, an dem nicht einige Paare in meinem Inneren getraut werden. Diese jungen Leute halten sich fest an den Händen, wenn sie durch mein purpurrot überwölbtes Tor schreiten und oftmals flüstern sie sich in meiner nächsten Nähe noch einige zärtliche Worte, wie zur Bestätigung der Stunde, zu. Das macht mich froh und schenkt mir Zuversicht für die Zukunft. Was wäre die Welt ohne Liebe!

Dann wieder kommt eine Gruppe von Menschen mit einem neuen Erdenbürger über den weiten Platz heran, der vor meinem Altar getauft wird. Nicht selten zeigt das Menschlein an dieser Zeremonie wenig Freude und schreit und weint, als wollte man ihm Böses.

Fast zu Tränen rührt es mich, wenn der Tod an meine Pforten pocht. Wieder muß ich Zeuge sein, wie eines Menschen Leben zu Ende geht. Die Zeit, die ihm geschenkt wurde, ist so kurz, und viele wissen so wenig damit anzufangen.

So gleitet an mir das Leben vorbei und ich kann Zeugnis geben von seinem Glück und seinem Traurigsein. Ich kenne die Vergänglichkeit. Könnte ich laut sprechen, ich würde rufen, weit über den Canale hinaus: Nützet die Stunden, die Euch gewährt und ziehet die Spuren, in Erde und Stein. So werdet Ihr Teil des Unvergänglichen und gleicht dann ein wenig mir, die ich hinausblicke in Zeit und Ewigkeit.

Die Leichtheit verleiht der Liebe
zwar Duft und Glanz,
aber sie entbehrt der Wärme der Dauer.

DER STEIN, AN DEM DIE KETTE FÜR DIE GEFANGENEN DER BLEIKAMMERN IN VENEDIG BEFESTIGT WURDE

erzählt:

Einmal hatte meine Kette die Aufgabe, den berüchtigten und weithin bekannten Casanova festzuhalten.

Das war keine leichte Pflicht, denn der gute Mann konnte nicht stillhalten und wollte, verständlicherweise, nichts wie weg.

Um ihn auf andere Gedanken zu bringen, bat ich ihn, mir ein wenig über die Liebe zu erzählen. Ich meinte, daß doch wohl keiner mehr dazu geeignet wäre als er, da man ihm Affären in großer Anzahl nachsagte.

Dieser Luftikus war durch mein Ansinnen sehr geschmeichelt und hob sofort, im Ton des Wissenden und echten Kenners, weitschweifigst — was ich nie gerne mochte, da die Kürze eben Würze besitzt —, zu erzählen an.

Ich staunte, wahrhaftig. Was dieser Mensch da zum Besten gab, war da und dort amüsant und hie und da auch lustig, aber alles bewegte sich an der Oberfläche, Seifenblasen gleichend, die zwar bunt schillern, aber nach kurzem Flug sich lautlos auflösen.

Bald bemerkte ich, daß dieser Casanova, Liebling der Frauen aller Stände und Alter, von Liebe in ihrer tiefsten Bedeutung und Schönheit nicht die geringste Ahnung hatte.

Als er einen Moment selbstgefällig innehielt, erlaubte ich mir einzuwerfen, ob er denn niemals Glanz und Wärme der Dauer einer Liebe erlebt habe.

Da meinte dieser Laffe, laut lachend, daß er dafür nie Zeit gehabt hätte, weil, wenn er noch mit einer

Schönen im weichen Bett spielte, schon die nächste vor der Türe wartete.

Man verzeihe mir! In diesem Moment vergönnte ich es ihm, tief und schwer, daß er nun hier saß, festgekettet, und ich glaubte zu wissen, warum dies so sei.

Der Tod kann Ziel des Lebens sein. Zur Auferstehung aber bedarf es der Liebe.

EINE SKULPTUR AUS EINER ETRUSKISCHEN TOMBA

erzählt:

Die Geschichte befaßt sich erst seit relativ kurzer Zeit mit der Kultur der Etrusker.

Daß sie sich aber nun so eingehend damit beschäftigt, wurde unter anderem erst durch die Auffindung etruskischer Begräbnisstätten möglich. Im Tod zeigt sich die Weltanschauung eines Volkes am deutlichsten. Seine Form der Religiosität ist tiefster Ausdruck seines Denkens.

In einer dieser Tomben, wie die etruskischen Gräber genannt werden, fand man unter anderen unschätzbaren Werten — mich.

Ich stelle eine Frau und einen Mann dar, die zärtlich umschlungen, mit einem großen Tuch bedeckt, die Liebe zwischen Mann und Frau in reinster Form verkörpern. Es schwebt eine so starke Harmonie über mich, daß ich schon oft beglückt fühlte, wie Beschauer noch nach fast dreitausend Jahren davon ergriffen und berührt werden.

Diese Harmonie der ehelichen Gemeinsamkeit ist etwas, das von allen Liebenden über die Jahrhunderte hin erstrebt und erhofft wird. Nicht immer wird sie auch erreicht. Das ist nicht anders möglich, denn der Mensch irrt, so lange er lebt. Warum sollten da seine Gefühle eine Ausnahme bilden?

Und doch geschieht es immer wieder, daß, einem Geschenk gleichend, ein Funke aus dem All in das menschliche Herz sinkt und dort den Samen bildet für wahres Lieben.

Der mich schuf muß Träger dieses Samens gewesen sein, denn nur ein Mensch, der in Harmonie lebt, kann sie auch künstlerisch gestalten.

Vielleicht waren die dargestellten Personen seine guten Freunde und er wußte um ihre erfüllte Liebe. Oder aber waren es einfach zwei Menschen, die ohne viele Worte miteinander lebten und so gemeinsam auch in den Tod gingen. Ja, vielleicht war das Ende ihres Lebens, aus dem etruskischen Denken heraus, die Krönung ihres liebenden Lebens.

Jedenfalls, ich zeige Liebe und auch Verklärung, denn der Mensch, der starker und selbstloser Gefühle fähig ist, erlebt die Stadien seiner Auferstehung noch auf Erden wandelnd.

Wenn ich nur einige Menschen auf dieser Erde, die mich scheu und manchmal sogar ein wenig verwundert betrachten, diese Gedanken vermittle, dann bestehe ich nicht grundlos über die Jahrhunderte hinweg.

Ich bin aus Stein. Ein leblos Ding.

Jedoch dahinter liegt mein Sinn.

Im Stein liegt Kraft.
Es ist Naturgewalt.
Nichts Böses wohnt in ihm.
Erst Menschenhand kann ihn
zum Werkzeug dunkler Taten
machen.

DER ERSTE STEIN, DER AUF STEPHANOS, DEN MÄRTYRER, FIEL

erzählt:

Eine heiße Hand ergriff mich. Diese Hand zitterte. Sie hielt mich für Sekunden hoch und zauderte. Dann aber fühlte ich mich gestoßen und flog durch die Lüfte.

Diese Lüfte waren flirrend von Sonne und Staub. Nicht sengend wie gegen Mittag oft. Ein wenig Kühle floß um mich. Der Morgen war erst angebrochen. Dann prallte ich auf Stephanos. Ein Mann, in jüngeren Jahren noch, der aufrecht, still und bleich an die Mauer der Stadt gelehnt stand.

Im ersten Augenblick erschrak ich. Wozu war ich ausersehen? Und alle die Steine, die ringsum lagen? Was sollte mit uns geschehen?

Langsam dämmerte es mir, aber ich getraute mich nicht, den Gedanken zu Ende zu denken. Sollten wir tatsächlich dazu dienen, mit Hilfe der menschlichen Hand einen Menschen zu töten? Und warum sollte er getötet werden? Wo lag seine Schuld?

Alle diese Fragen aber blieben in den Augenblicken verborgen, die nun folgten. Stein um Stein fiel gegen Stephanos, den christlichen Diakon. Manch einer ging fehl, denn die Schar der Männer, die sich unser bedienten, schien wie im Rausch zu handeln. Je mehr blutige Wunden sie mit uns schlugen, um so rascher griffen sie nach dem nächsten Stein und um so größer wurden ihre Kräfte.

Ich und alle anderen Steine um mich her wurden zum Werkzeug der Mörder.

Als dann ein großer, spitzer Stein Stephanos mitten

an der Stirn traf, wurde sein Antlitz ruhig und ein wenig grau. Fast lächelte er. Ein wenig verwundert wirkte dieses Gesicht, als könne es auch im Verlöschen nicht begreifen, was geschah.

Doch es war geschehen, und Stephanos glitt langsam zu Boden. Seine Arme hoben sich ein wenig. Seine Hände, weiß und schlank, sanken auf uns nieder und spendeten uns ihre letzte Wärme.

Die Sonne stieg höher am Himmel und es wurde heiß. Sie trocknete das Blut, das über uns quoll. Der Tag verging. Einige Männer kamen und trugen den Toten fort.

Wir Steine blieben liegen — wirr und kraftlos. Böses wirkte in uns. Durch Menschenhand Geschehenes.

Wir aber blieben schuldlos.

Ich trage das Kreuz —
Sinnbild überwundenen Leidens.
Ich trage schwer an diesem Kreuz —
und frage: Waren der Freuden genug?

DER STEINSOCKEL EINES EISERNEN KREUZES — MAHNMAL GEFALLENER SOLDATEN

erzählt:

Auf mir ruht ein Kreuz. Es ragt hoch auf und wacht seltsam starr über das weite Feld der Gefallenen. Dieses Feld hat nicht nur die Männer einer Nation verschlungen. Es liegen hier Menschen von hüben und drüben. Größtenteils sind es Jünglinge. Sie kannten das Leben erst flüchtig und glaubten, ihm Gewicht verleihen zu müssen. Manche drängten sich förmlich in den Kampf in die vordersten Linien. Sie wollten den Feind Aug in Auge schlagen. Standen sie ihm dann wahrhaft so nahe, ging über ihre Gesichter nicht selten ein leises Erstaunen. Der andere, der Feind, er war so ähnlich. So menschlich blickten die Augen und fast konnte man ein Zittern der Hände bemerken. Diese Hände klammerten sich wie hilfesuchend an das Gewehr.

Dann aber rauschte in den Jünglingen das heiße Blut auf und sie warfen sich dem Gegenüber entgegen.

Wenn es dunkel wurde, sah man Kommandos die toten Krieger bergen, und nicht selten fielen auch einige dieser Männer.

Dann grub man hastig breite, lange Gräben und Mann für Mann kehrte zur Erde, dem Alpha und Omega jeden Lebens, zurück.

Nun ruhen sie schon viele Jahre und haben das Feld mit ihrem Leib gedüngt. Sattes Gras wuchert aus ihren Körpern und wiegt sich leicht im Wind.

Das Kreuz, das ich trage, ist das Sinnbild des überwundenen Leidens all jener, die ruhen. Ist das blühende Grün vielleicht das Mahnmal ihrer einst empfundenen Freuden?

In mancher stillen Stunde frage ich mich, ob ihnen auf den Lebenswegen, die hier verlöschten, wohl auch genug Freude geschenkt war. Wo kann man ihr Sinnbild finden? Gibt es irgendwo große Speicher, wo die Freuden der Menschen gleich nährendem Korn verwahrt werden? Oder weht auf irgendeinem Berg eine hohe helle Fahne und kündet von dem Hellerlebten?

Gerne würde ich meine tragende Kraft ihr spenden. Aber Freude ist eine seltene Blume. Sie ist ein flüchtiger Schatz.

So trage ich weiter das Kreuz und gedenke der Leiden aller.

Ein Stück fremden Himmels erhellt die Sehnsucht nur dürftig.
Immer suchen wir heimlich nach den Sternen der Kindheit.

DER VERGOLDETE ADLER AUS STEIN AM FIRST DES SCHLOSSES SCHÖNBRUNN

erzählt:

Er war so schön, daß ich mich am Tage und auch des Nachts um ihn sorgte.

Seine Wiege stand in einer fremden Stadt, weit im Westen Europas. Der Name, den ihm sein Vater gab — König von Rom —, lag wie ein Schatten auf dem Scheitel seiner blonden Locken. Das königliche Zepter aber, funkelnd voll Edelsteinen, leuchtete widerscheinend aus seinem Blick.

Fast von Geburt her aber war dieses Kind, später dieser Jüngling, wurzellos und ungebunden in den Lüften schwebend. Vielleicht waren diese unsichtbaren Schwingen der Grund dafür, daß ich mich ihm verwandt fühlte, auf eine unbegreifbare, aber um so stärkere Weise.

Mich hatte man versteint und somit gefesselt als das Sinnbild königlicher Kraft an den First des habsburgischen Schlosses geschlagen. Ihn aber, den Sproß aus dem Blut der österreichischen Herrscher, hielt man in den Gemächern verborgen und versuchte dort, seine mächtigen Schwingen zum Erlahmen zu bringen.

Sah ich den Herzog von Reichstadt, wie man ihn hier in Wien nannte, mit seinem Erzieher das Schloß verlassen, so konnte ich von Tag zu Tag eine größere Unsicherheit und zunehmende Traurigkeit an ihm bemerken. Er erlahmte bereits.

Dabei wurde er rein äußerlich immer schöner, sein Wuchs höher und schlanker und sein Antlitz süßer und verstehender.

Bückte er sich zu einer Blume, schien es fast, als blühte diese unter seinen Blicken weiter auf und schöpfte tiefe, betäubende Düfte aus ihrem Inneren.

Im Laufe der Jahre aber bemerkte ich besonders an dem Klang seiner Stimme eine rasch um sich greifende Zerbrochenheit. Die angeborenen Kräfte seines Blutes versickerten, einem Gebirgsbach gleichend, den nur mehr spärliche Zuflüsse am Lauf erhielten, den aber das geringste Hindernis schon zum Versickern zwang.

Viele Tage hindurch sah und hörte ich nichts von meinem Prinzen. Leute gingen und kamen. Bis dann einer die Türe seines Gemaches auftat und leise sagte: „Er ist tot —".

Da verlor ich das lange, mühsam bewahrte Gleichgewicht, hoffnungslos je wieder die goldenen Schwingen breiten zu können und stürzte mich in die Tiefe, um am Ende seines Weges es ihm gleich zu tun.

Wer das Leben verschenkt,
hat seine schweigenden Werte
nicht erhört.

DER ALTARSTEIN DER BUSSKIRCHE IN MAYERLING

erzählt:

Seit Jahrzehnten sind die Gebete der Nonnen um mich. Sie kreisen um den Leib des Herrn.

Besonders schätze ich die Stunden, in denen die reinen Gesänge gegen Himmel steigen. Fast scheint es mir, daß auch ich dann meiner Schwere ledig werde.

Nicht immer füllte Reinheit diese Räume. Irgendwo hat Lebensüberdruß sich festgesaugt. Ein Monolog liegt über die Zeit hinweg in diesem Raum.

Hört ihn Euch an:

„Du scheinst zu schlafen, kleine Geliebte, Gefährtin meiner Abschiedsstunden. Doch alles täuscht, sogar über das Leben hinaus. Denn du bist tot und deine Wege enden. Daß sie in meinen Armen enden, hat seinen guten Grund, du kleine Närrin. Nun bist du zum Hindernis geworden, und dem Entschluß muß die Tat folgen.

Ich habe dich getötet. Und dies nicht, weil du es so wolltest. Nein. Weil ich mit dir den Weg zurück ins Leben mir verschloß. Eine kurze Spanne noch, dann gilt es, Schluß zu machen.

Es stimmt — ich habe dieses Leben geliebt und alle seine Wunder bestaunt, die es für uns bereithält. Doch von Jahr zu Jahr geschah es mir, daß sich die Wunder mehr vor mir verbargen und jedes Geschehen in Banalität mündete. Nichts, das ich wünschte und erhoffte, gelang. Meine Ziele tauchten unter in meinen Träumen und verharrten dort, still und mit zunehmender Hoffnungslosigkeit verhüllt.

Trotz allem — das Leben dünkte mich heiß und interessant, zu leben wert.

Die Enttäuschungen, die sich auf mich warfen und mich mit ihren schweren Tatzen niederdrückten, häuften sich erst in den letzten Jahren ungeheuer. Die Aussichtslosigkeit meines Denkens und Handelns erschöpfte mich.

So mußtest du, Kleine, mir in den Tod vorausgehen, damit ich nicht mehr zurückbegehren kann.

Hörst du, man ruft nach mir? Ach, du kannst nicht hören und ich will es nicht mehr!"

Ein Schuß gellte durch das Haus. Bis zum Aufschrei des Kammerdieners, der den Kronprinzen Rudolf neben Mary Vetsera tot liegen sah, vergingen nur wenige Sekunden.

Nun kommen die Nonnen zum Abendgebet. Laßt mich davon durchströmen.

Amen.

Der Mensch in Sekunden geboren —
doch auch in Sekunden verloren.
Bedenke es zu Zeiten!
Nur ihr könnt' die Spanne weiten!

DER GRAUE ASPHALT AUF DER GENFER PROMENADE

erzählt:

Noch fühlte ich den leichten Schritt der Kaiserin — und schon war es geschehen!

Eine ärmlich gekleidete männliche Gestalt hastete vom Schiffssteg über mich hinweg. Ich verlor sie sofort aus meinem Blickfeld, da ich nur Augen für die schlanke, elegante Frau hatte, die sich in Schmerzen krümmte und von ihrer Begleiterin gestützt werden mußte.

Im Augenblicke wußte niemand, was geschehen war. Einige Männer vom Schiff, das gerade auslaufen wollte, liefen herbei, man nahm die verletzte Dame auf und trug sie vorerst auf das Schiffsdeck. Die Verletzungen dürften ärger gewesen sein, als man zuerst vermutete, denn wenig später wurde die Dame an mir vorbei in das der Promenade gegenüberliegende Hotel gebracht.

In dem großen, prunkvollen Tor verschwand der aufgeregte Zug und mir blieb nichts anderes übrig, als mein, durch heißen Teer gepreßtes Sein der milden Sonne und dem leichten Wind, der vom See kommend über mich strich, auszusetzen.

Und doch war ich in meinem zur Untätigkeit und Starrheit verurteilten Dasein, wie sich später herausstellte und ich durch die Leute vernahm, die am gleichen und an den folgenden Tagen an mir vorbeipromenierten, Zeuge eines tragischen Geschehens geworden. Man hatte die österreichische Kaiserin in jenem Moment gemordet, da sie ihren leichten Fuß von mir abhob.

Trauer ergoß sich über viele Menschen. Ein Leben wurde ausgelöscht, das vielen wertvoll war. Zum Zeugen dieser Tat war ich geworden, hatte stumm verharrt — verharren müssen. Alle die stummen Zeugen des Lebens sind dazu verurteilt, regungslos zu bleiben.

Betrachte ich aber die Menschen, die um mich fluten, sich bewegen und kraft ihres Geistes zum Handeln befähigt sind, muß ich schmerzlich feststellen, daß wenige von ihnen helfend eingreifen, wenn die Situation es fordert. Ein jeder ist sich meistens der Nächste.

In mir klingt Schmerz und Trauer leise nach und schenkt mir flüchtig Leben.

Der Schöpfung Weg ist stete Verwandlung. Mit jeder Metamorphose wirken wir an diesem Akt mit.

EIN EFEUUMRANKTER STEIN

erzählt:

Einst war ich Mensch wie ihr und ging meine besonnten oder dunklen Wege. Ein heißes Herz lag pochend in meiner Brust. Nicht selten trieb es das Blut in solchen Wogen durch meine dünnen Adern, daß sie zu bersten drohten.

Ich war ein Mann, von hohem Wuchs und klaren Blickes. Die Mädchen und die Frauen hoben sachte ihre Brüste, wenn ich in ihre Nähe kam. Begehren schafft Begehren und viele dieser weichen Geschöpfe lagen seufzend in meinen Armen.

Aus jeder dieser Umarmungen aber ging ich ein wenig traurig hervor. Ich fühlte mich nicht genug geliebt. Die warme Zärtlichkeit und leise Verwandlung fehlte mir. Die Frauen gingen unverändert von mir. Ihre Haare flatterten und ihre Blicke waren schon wieder erdhaften Dingen zugewandt. Kein Nachhall wirkte in ihnen fort.

Zuweilen dünkte es mich, sie besäßen zwar schlanke, biegsame Glieder, aber die Seele, die Hand und Geist bewegt, fehle ihnen. Oder sie schlummere so tief in ihrem Inneren, daß sie nur in besonderen Momenten wach und wirksam wäre.

Was ich aber auf meinen Wegen suchte, war eine Verbindung von Geist, Seele und Körper. Eine vollkommene Verschmelzung mit dem Du schwebte mir vor Augen. Ich muß gestehen, Zeit meines Lebens gelang mir dies nicht. Vielleicht lag es an mir. Meine Wünsche und Träume reichten in jene Gefilde, die eben für uns menschliche Wesen fast immer ferne bleiben. Zu viel Dunkles rauscht und webt in unsrem Blut. Der Abschied von dieser Erde wurde mir trotz oder wegen meiner unerfüllten Wünsche nicht leicht. Und dennoch ließ ich mich hinschwinden und Verwandlung, Vergehen und Auferstehen willig über mich ergehen. Heimlich wartete ich auf die Erfüllung jenes Höhepunktes, den ich in meinem Leben nicht erreichen konnte.

Nun aber ist es fast geschehen. Ich stehe hier als grober, dichter Stein und lasse den Himmel auf mich wirken. Die Winde bringen herbe Düfte mir von all den lebenden Dingen um mich her. Ich bin Teil der Natur geworden, mehr, als ich es jemals war.

Um mich aber rankt sich grüner, feuchter Efeu. Er schmiegt sich so dicht an mich, daß er fast in meine Poren dringt. So wird er Teil von mir.

Wenn es dämmert und der Tag in bläuliche Schatten versinkt, ist es mir, als wären die feinen Verästelungen des Efeus die weichen Arme der einst geliebten Frauen. Auch sie durcheilten so manche Metamorphose. Vielleicht mit dem einzigen Ziel, mit mir in dieser Weise zu verschmelzen.

Die Liebe hat endlich ihr Werk getan. Und ich glühe glücklich in die Tage.

Der Himmel weit —
die Erde warm —
inmitten tausend Wunder —
das ist Natur.

EIN MARKSTEIN IM JAGD-GEBIET

erzählt:

Nicht nur ich begrenze ein Gebiet. In kurzem Abstand stehen viele meiner Artgenossen. Es muß so sein.

Eines Tages wüßte ohne uns niemand mehr, wo das eine Gebiet endet und das andere beginnt. Es gäbe Streit. Wir sorgen für Ordnung.

Und wir tun es ruhig und bedacht. Wir sind Teil der Stille geworden, die mit kurzen, zumeist dramatischen Unterbrechungen um uns herrscht.

Über uns blaut oder dunkelt der Himmel. Unter uns liegt die Erde, warm und fruchtbereit. Zwischen diesen Reichen aber liegt das Reich der Wunder. Obwohl ich schon jahrzehntelang hier stehe und sich dies auch in den nächsten Jahrzehnten nicht ändern wird, reicht meine Dauer nicht dazu aus, um von all den Wundern aus der Pflanzen- und Tierwelt zu berichten.

Allein wenn ich zur Höhe blicke, reckt ein uralter Lindenbaum seine Zweige in die Lüfte und schenkt mir in ständigem Wandel tausend neue Bilder. Noch glänzen goldene Ringe da und dort und treiben ihr Spiel mit den leuchtenden Blättern, aber Sekunden später kann es geschehen, daß alles verlöscht und Dunkel aus dem Grünen auf mich fällt.

Vor mir die weite Wiese aber scheint fast bemüht, das Wechselspiel des Baumes zu übertreffen. Die Gräser fächern leicht und zart um die knospenden und blühenden Blumen und Gewächse und senden die betörendsten Düfte zu mir.

Und dies alles um mich her vollzieht sich im Wechsel der Jahreszeiten, die jede ihre Schönheit im Mantel ihres stets wiederkehrenden, mächtigen Schweigens trägt.

Wende ich mich aber von den Pflanzen der Tierwelt zu, so kennt mein Staunen keine Grenzen mehr. Ihre Vielfalt übertrifft fast noch jene der Pflanzen. Was bewegt sich doch alles hin und her! Jedoch nie ohne Sinn. Jedem Handeln liegt ein Ziel zugrunde. Besonders liebe ich die Stunden der Dämmerung. Der Himmel verblaßt. Die Erde dampft und sammelt Kräfte aus der Kühle der Lüfte. Wieder endet ein Tag voll von geheimen Weben.

Dann treten aus dem bläulich braunem Dunkel des Waldes die Rehe an den Saum der Wiese. Ich liebe ihre Bewegungen und den grazilen Stolz ihrer schöngeformten Köpfe. Sie scheinen ruhig und gesammelt. Aber dennoch zittern ohne Unterlaß ihre samtenen Lauscher. Sie sind auf der Hut. Sie müssen es sein. Nicht einmal schon wurde ich Zeuge ihrer Bedrohung. Ein Zweig knackte leise — gleich darauf ein dumpfer Knall. Das Rudel stob auseinander. Ein Tier aber sank zu Boden. Es wendete den Kopf noch mit letzter Kraft der fliehenden Schar nach. Dann aber verdrehte es sich sonderbar und wurde regungslos. Die Jäger traten aus dem Hinterhalt und tauchten stolz einen Tannenzweig in das leise quellende Blut, das noch warm und lebendig wirkte.

Ja, Geburt und Tod tauschen sich um mich herum aus. Ein ewiger Kreislauf von Kommen und Vergehen. Es will mir aber scheinen, als seien Himmel und Erde, gelenkt von einem Gott, im Bunde, immer neue Wunder auf unsere Fluren zu legen.

Geht hin und seht!

Schicksal webt im Dunkel.
Seine Macht scheut das Licht.

EIN STEIN DER WALDESMÜHLE IM BAYRISCHEN WALD

erzählt:

An jenem Tag, von dem ich erzählen möchte und der mir stark in Erinnerung geblieben ist, begann es langsam Abend zu werden, als die schicksalshaften Ereignisse ihren Anfang nahmen.

Die Dämmerung verhüllte schon die vertraute Umgebung und mein Mühlenrad klapperte nur mehr leise und ein wenig unschlüssig, als ich das Herannahen einer Reiterschar vernahm. Es dauerte nicht lange, sah ich einige Männer in feinen Gewändern herantraben. Besonders einer unter ihnen, ein kleinerer, untersetzter Mann, machte großen Eindruck auf mich. Es war der König, wie sich später herausstellte.

Mein Herr und auch die Herrin stürzten befliessen den Männern entgegen und es dünkte mich, als wollten die Fremden in unserem Haus Quartier nehmen. Es war so. Bald saßen sie um den großen, runden Tisch unserer guten Stube und ließen sich die in aller Eile gerichteten Speisen wohl munden.

Die Sterne hatten den Himmel der Nacht schon mit ihren Strahlen übersät, als mir ein Mann auffiel, der sich diesem Leuchten still und ganz alleine hingab. Wie ich später hörte, war es der Astrologe des Königs.

Ein wenig später flüsterte er seinem Herrn aufgeregt etwas zu, worauf dieser sich sofort erhob und meinte, man wolle nun ruhen, der nächste Tag werde mühsam und anstrengend sein.

Dann ließ der König meinen Herrn zu sich rufen und fragte unruhig und drängend, ob er eine Tochter habe. Ja, antwortete jener, er habe eine.

„Geselle sie mir zu für heute nacht. Die Sterne zeigen, hier und heute meine Ehegemahlin zu finden", sagte der König und machte ein paar Schritte dem

Fenster zu, auf das Dunkel, das rund im Walde lag, einen sehnsüchtigen Blick werfend, als würde Glück und Erfüllung seiner langgehegten Wünsche nur aus dieser Verhangenheit aufsteigen können.

Mein Herr war wie vom Schlage angerührt, als er all dies hörte und lief, um seine ältere Tochter zu holen. So weit blieb er bei Sinnen, daß er sie vor der jüngeren, weit lieblicheren, vermählt sehen wollte. Aber der König ward in keiner Weise zu dieser jungen Frau hingezogen. Es war vielmehr, als stünde eine unüberwindliche Hürde zwischen ihnen.

Da brachte mein Herr willfährigst die jüngere seiner beiden Töchter. Sie war fürwahr lieblich. Und erst ihre Stimme! Sie rührte den König an sein einsames und kühles Herz. Jedoch, dieses Mädchen erschien ihm fast noch ein Kind, und die Gefühle, die sein Herz bewegten, waren eher jene eines Vaters als eines Liebenden. Dieses Geschöpf erweckte in ihm schmerzlich die Erinnerung an jene, um die er vor Zeiten freien ließ, die ihm aber ein geheimnisvolles Geschehen auf dem Weg in seine Arme entrissen hatte.

Er schob das Mädchen sanft von sich und fragte meinen Herrn ein wenig traurig: „Habt Ihr noch eine Tochter?" „Nein, mein König, Tochter habe ich keine mehr." Es schwang eine große Enttäuschung in diesen Worten. „Aber ein Mädchen lebt seit Jahren in unserem Haus, die mir Tochter geworden ist." „So bringe sie und eile dich", sagte der König und verkrampfte seine Hände, als würden sie Kraft und Vertrauen aneinander suchen.

Dann stand sie vor ihm und mit einem Mal kam Ruhe und große Zuversicht über ihn. Sie gingen aufeinander zu, als hätten sie nur für diesen Augenblick gelebt. Ihre Hände berührten sich und fanden Ruhe und Wärme.

Es war wie ein Wunder, denn dieses Mädchen war Perchte, eine bretonische Prinzessin, um die der König einst gefreit hatte. Sein Hofmarschall aber erfüllte den Auftrag der Freiung schlecht und gab seinen Mordknechten Befehl, sie im Wald auszusetzen und zu töten. Perchte aber war entkommen und hatte bei uns in der Mühle Zuflucht gefunden. Die Leute waren gut zu ihr. Sie nannten sie Berta und weil sie fast Tag und Nacht das Spinnrad drehte, um ihren Unterhalt zu verdienen, hieß sie Berta, die Spinnerin.

Nun aber nahm sie der König an sein Herz und führte sie als seine Ehegemahlin heim. Sie wurde Mutter und schenkte dem König und ganz Europa ihren Sohn. Dieser ging als Karl der Große unvergeßlich in die Geschichte ein.

Freiheit ist dann am vollkommensten, wenn man sich ihrer nicht bedienen muß.

EIN GRENZSTEIN ZWISCHEN OST UND WEST erzählt:

Eine berühmte Pianistin des Osten kehrte von einer, von ihren Behörden genehmigten Konzertreise in den Westen nicht mehr in ihre Heimat zurück.

Von einem westlichen Reporter befragt, in welcher Weise sich ihr Leben nun verändert hat, meinte die Künstlerin: „Ich lebe fast in der nämlichen Art, wie ich es bisher tat. Meine Tage teilen sich auf in Klavierspiel, Lesen, Spaziergänge in Parks etc. Da hat sich nichts verändert." Meinte der Reporter, warum sie dann ihre Heimat verlassen habe. Sie antwortete: „Weil ich hier frei bin."

An diese Worte muß ich oft denken, wenn die Sonne mich umglüht und die Bienen und Mücken mich zärtlich brummend umspielen. Ja, wie kostbar Freiheit ist, weiß nur jener in vollem Umfang, dem man sie raubte. Und ich stehe hier, festgefügt und weiß, daß ich die Linie ziehe zwischen Ost und West, freiem Denken und Handeln und jenem, das von Partei und Ideologen gelenkt und sorgsam überwacht wird.

Da zählt nicht, ob die Menschen Tag für Tag in Schlangen vor den Geschäften auf ihr Brot warten müssen, oder ob es eine Woche eine Ration Stecknadeln gibt oder nicht. Was hier zählt, ist, ob der Mensch, der auf sein Brot wartet, seine Meinung laut sagen darf oder nicht, ob er seine Konfession wählen kann, ob er seine Kinder erziehen darf, wie es seinem Denken entspricht, und ob er und seine Familie jedes Land der Erde zu jeder beliebigen Zeit und für so lange, als es ihm gefällt, besuchen kann.

Und besonders jene Menschen, deren Worte festgefügt in Büchern liegen — sie müßten schreiben dürfen, wie es ihnen ihr Geist diktiert.

Könnte ich reden und schreibend meine Erlebnisse festhalten, vielleicht würde es so manchen Unzufriedenen des Westens, in jenen Ländern Lebende also, wo ich die Sonne abends langsam untertauchen sehe, von seiner Unzufriedenheit heilen. Es wird im Westen so vieles geredet und noch mehr geschrieben. Ich möchte diese Suaden nicht noch vermehren aber zwei Erlebnisse sind es, die ich ganz einfach berichten muß, sonst zersprengen sie eines Tages mein steinernes Inneres.

Eines Abends, kurz nach dem Ende des letzten großen Krieg geschah es. Plötzlich kamen Scharen von Menschen auf mich zu — langsam und so, als wären sie traurig und müde. Das eine zieht wohl das andere nach sich. Diese Menschen wurden immer mehr und mehr. Auch viele Kinder waren darunter. Sie taten mir besonders leid. Was sie hinter sich ließen, waren nicht nur ihre Puppen und Spielzeuge, nein, es war ein Stück ihrer Kindheit. Und sie war unwiederbringlich.

Viele dieser Leute waren so erschöpft, daß sie sich auf dem Felde, das an mich grenzte, niederließen, um hier die erste Nacht in einer neuen Welt zu verbringen. Neben mich setzte sich eine noch jüngere Frau mit zwei kleinen Mädchen. Sie drückte die Kinder von Zeit zu Zeit zärtlich an sich und versuchte, wie mir schien, Ruhe und Zuversicht auf sie überströmen zu lassen.

Das eine kleine Mädchen hörte ich dann fragen: „Wie wird uns Papa finden, wenn wir so weit von zu Hause weggehen?" „Er wird uns finden", sagte die Mutter. „Sein Herz und seine Liebe zu uns, die darinnen wohnt, wird ihm den Weg weisen." Das kleinere Mädchen, das eine Puppe mit sich trug, sang diese leise in den Schlaf und ihr Lied endete immer wieder mit den Worten: „. . . er wird uns finden."

Ich dachte mir heimlich, wieviel Kraft muß diese Frau und Mutter besitzen, um mit ihren Kindern in einem neuen Boden wieder Wurzeln zu fassen, und ich hatte große Achtung vor ihr.

Der Stein, und selbst ein ganz alltäglicher Grenzstein, hat es da weitaus leichter.

Von dem zweiten Erlebnis, das in mir ruht, will ich nun berichten.

Es war Nacht. Dunkel und drohend hing der Himmel über mir. So dunkel, daß er sich von der feuchten, hartgefrorenen Erde rund um mich fast nicht unterschied. Alles schwamm ineinander. Himmel und Erde zeugten Bedrohung.

Wie das Schaben und Kratzen eines Tieres war es mit einem Mal vor mir, und als ich die Dunkelheit zu durchdringen versuchte, traf mich der Blick eines Menschen. Diese geweiteten Augen gehörten einem noch jüngeren Mann, der, auf allen Vieren robbend, versuchte, mir näher zu kommen. Es durchzuckte mich förmlich. In diesem Blick lag so viel Hoffnung und eine solche Sehnsucht, wie ich sie noch nie verspürt hatte. Wäre es in meinen Mächten gestanden, ich hätte alles dafür gegeben, diesem Menschen zu seinem Ziel zu verhelfen. Hätte ich doch nur rufen können: „Leise! Leise! Du bist der Freiheit so nahe, daß du schon ihren lichten Hauch verspüren müßtest. Stärke dich an ihm und komm'!"

In diesem Augenblick zischte es auf, surrte leise und traf genau die Stelle zwischen den beiden Augen. Es löschte die Hoffnung. Dann war es still.

Nun habe ich es erzählt. Nehmt es mir nicht übel. Ich mußte es einfach tun.

Jetzt stehe ich wieder ruhig zwischen Ost und West. Nimmt jemand sich die Zeit und sieht mich eine Weile an, wird er bemerken, daß ich mich leicht nach Westen neige. Der Freiheit zu.

Die Mütter sind das Brot der Erde.
Sie nähren den männlichen Samen
und tragen liebend die Frucht.

EIN STEIN IM HAFEN VON GENUA, AN DEM MAN DIE SCHIFFE VERTAUT

erzählt:

Im Frühling und im späten Herbst jeden Jahres sehe ich eine Frau am Molo stehen und warten. Vor vielen Jahren war sie schlank und biegsam und ihre Bewegungen rasch und leicht. Nun ist es schon ein wenig anders. Fast wirkt sie so, als ob sie eine schwere Last mit sich tragen würde. Es ist nicht ein großer Korb oder eine weitbauchige geflochtene Flasche. Was sie belastet liegt in ihrer Seele. Ihr Herz scheint traurig zu sein.

Früher kam sie oft mit einem kleinen Kind an der Brust und eines oder mehrere klammerten sich an die Falten ihres Rockes. Dann wurden die Kinder größer, aber immer seltener begleitete sie eines. Die Frau und vielfache Mutter kam alleine. Sie wartete oft Stunden um Stunden. Liefen Kinder an ihr vorbei oder spielten in ihrer Nähe, so sah sie ihnen mit gespanntem Gesichtsausdruck zu, als müsse sie über jedes dieser fremden Kinder wachen.

Ihre mütterliche Bereitschaft konnte nicht ruhen. Manchesmal streckte sie ihre Arme aus, um einen kleinen Jungen oder ein Mädchen leise zu berühren. Auch die Wärme dieser Kinder, die von anderen Müttern einst geboren wurden, schenkte ihr sichtlich Wonne.

Vielleicht ist es so, daß alle Mütter der Erde eine einzige große Kammer der Liebe und Fürsorge bilden, und eine Mutter muß nur diesen Raum betreten, um Teil davon zu werden.

Der Grund, warum diese Mutter zweimal im Jahr so voll Geduld und liebender Erwartung hier stand, war, weil einer ihrer Söhne zur See fuhr. Ihn hatte das

Fernweh schon in jungen Jahren in die Welt hinausgetrieben. Kam er aber heim, so war er mehr Teil seiner Mutter geblieben als die anderen Kinder, die oft nahe bei ihr lebten, weil er weder Familie noch ein eigenes Heim besaß. Seine Welt war das Meer. Die Zeit der Ruhe gehörte seiner Mutter. Und für diese kurzen Spannen schien diese Frau zu leben. Oft hatte ich schon beobachtet, daß sich ihr Ausdruck und auch ihre Haltung völlig veränderte, wenn das Schiff mit ihrem Sohn an Bord von den Fährbooten langsam in den Hafen gezogen wurde. Sie verjüngte sich dann förmlich. Ihre Augen begannen in einer Weise zu strahlen, daß sie beinahe einen Stein weich und gerührt machten.

Im Herbst dieses Jahres aber, fürchte ich, sah ich sie zum letzten Mal, denn als das von ihr erwartete Schiff anlegte, kam kurz darauf ein Offizier zu ihr und wechselte einige Worte mit ihr.

In diesem Augenblick verlor diese Mutter ihren wunderbaren, warmen Glanz und eine alternde Frau verließ müde den Molo.

SCHATTEN

ODER

. . . IN UNSEREM SCHATTEN
WÄCHST EIN BAUM

DER OLIVENBAUM

Er war jung und schön gewesen, als er sein Herz in die Fremde mit sich trug.

Ein wenig ungeduldig und unbedachtsam pflanzte er es zwischen den hohen Häuserfronten der großen Stadt ein und wartete darauf, daß es Wurzeln schlage.

Lange Zeit hindurch hing es über dem harten Asphaltboden und schmerzte. Besonders nachts wurde es manchmal unerträglich. Die Dunkelheit umhüllte es mit seinem schwarzen Mantel, und jedes Gefühl und jeder Gedanke zuckte aus irgendeiner Ecke des Raumes auf, wie ein Blitz, dem die Grelle seiner Bahn geraubt wurde.

Geräusche fremden Lebens waren um ihn, die ihm nicht Vergessen schenkten, sondern seine Sehnsucht nach Vertrautem nur verstärkten.

Was ihm fehlte war das leise Rauschen der Olivenhaine, der Duft der Pinien und darinnen der vielstimmige Gesang der Zikaden. Wie hatten sie ihn einst in den Schlaf gewiegt! Und morgens, wenn das leichte rosa Licht der aus dem Osten heraufsteigenden Sonne Land und Leben erhellte und erwärmte, dann konnte er es kaum erwarten, sich in dieses Leben zu stürzen und ohne Ende zu trinken.

Die Trunkenheit der Sinne war ihm erhalten, aber niemanden und nichts gab es, das seinen Durst stillen konnte. Die Quellen der Stillung blieben ihm verschlossen. Er suchte sie, da er sie unter den Menschen nicht fand, in der Natur. Aber wie anders war der Himmel! Und was er überwölbte schmiegte sich nur spröde seinen Schritten.

Da begann er zu wissen, daß er eine Welt, seine ureigenste Welt, in sich erbauen mußte. Die alten, seit der Kindheit begangenen Wege lagen noch in ihm und er fühlte gezogene Spuren und vertraute sich ihnen an. Alles Vergangene und Erlebte begann dadurch wieder in seine Sinne zu treten und wurde zu Bausteinen seines Lebens in der Fremde.

Schaute er dann mit neuem Blick um sich, wurde er gewahr, daß es allen Menschen ähnlich wie ihm erging. Selbst jene, die auf dem Boden lebten, der sie hervorgebracht hatte, waren und blieben ein wenig Fremde, die sich oft und oft an Wohlbekanntem die Stirne blutig schlugen.

Als er das erkannte, sah er in sich einen silberblättrigen Olivenbaum erstehen und dieser Baum wurde ihm in den folgenden Jahren seines Lebens immer mehr zum vertrauten Gefährten.

War er einmal traurig, so blickte er in sich. Da wehte ein leiser Wind durch die feinen Äste seines Baumes und es lag ein wenig Tröstung darinnen. Kamen Stunden der Freude und Fröhlichkeit, dann stand der Baum in heller Sonne ruhig und zufrieden da.

Nun da der Fremde schon der Reife entgegenging, wurde es immer schöner, mit seinem Baum zu leben. Ja, er erntete an guten Tagen sogar süße Früchte. Und um zu ernten, leben die Menschen in fern und nah doch auf dieser Erde. Damit ist es ihnen vergönnt, die in ihre Hände gelegte Saat auch zu verwerten. Dadurch zieht ein wenig Glück in ihre unruhvollen Herzen. Auch in jenes des Mannes, der aus den Hainen der Oliven einst in die Fremde zog.

DER BAUM DER HOFFNUNG

Im Unsichtbaren gedieh er. Da er aber Tag für Tag und mehr noch in den Nächten Nahrung erhielt, reckten sich seine Äste hoch und immer höher. In manchen Augenblicken breitete er seine grünenden Arme, als wollte er die Welt damit umschlingen und Himmel und Erde tränken.

Seine Blätter waren hellgrün und zart, ja, fast ein wenig durchsichtig. Selten sah man diesen Baum richtig blühen. Auch Früchte trug er nie. Oder wußte er sie so gut zu verbergen, daß man sie einfach nicht sehen konnte.

Plötzlich aber, in einer Stunde voll Sonne, bemerkte dieser Baum, daß er nicht alleine durch die Zeiten wuchs. Er gehörte jemandem. Einem Mädchen war er eigen und mit einem Male wurde ihm klar, wieso er sich so wundersam wohl befand. Dieses Mädchen war förmlich angefüllt mit Hoffnung. Und all diese ungreifbaren Schätze legte es zu Füßen des Baumes, dessen weitverzweigte Wurzeln jeweils genüßlich seufzten, wenn wiederum eine große Portion von düngender Hoffnung sie trafen. Besonders wurde es aber dann, wenn diese Hoffnungen nicht das Mädchen selbst betrafen, sondern es diese aus warmen Herzen heraus für einen Nächsten hegte.

Da ging ein leises Zittern durch die Zweige dieses Baumes und an den Enden der letzten, ganz zarten Ästlein bildeten sich kleine Rosen in hellen Pastellfarben. Diese Blumen quollen förmlich über den Baum, und da sah er aus, als stünde er über und über in Blüte und man müsse nur ein wenig Geduld haben, die Zeit des Reifens abzuwarten, um dann die wertvollsten Früchte ernten zu können.

DER KASTANIENBAUM

Liebend hatte er alle Kerzen entzündet. Sie leuchteten nun in hellem, zartem Rosa. Inmitten jeder einzelnen Blüte lag der dottergelbe Samen und verstäubte voll Verheißung lautlos seine Kräfte. Der Mann wartete. Die Ungeduld erfaßte seine Sinne und der Baum in seinem Schatten bebte.

Am Tag und im Traum hing in seinem Herzen das Bild eines hohen Kastanienbaumes, wie er ihn in seiner Kindheit vor den Fenstern wachsen gesehen hatte, und dieser Baum war eine einzige wogende Blütenpracht gewesen. Und das war in den Wochen des Frühlings, wenn die Stunden des Lichts nie endend schienen.

In diesem Licht des Morgens, Mittags und des Abends hatte der Baum einst das erste große Gefühl des Mannes erlebt. Seither verband sich Frühling, Blühen und die Kerzen eines Kastanienbaumes für ihn zu einem einzigen Begriff — Liebe.

Sein Traumbaum stand hinter oder neben ihm und sein Werden war ein Spiegel der Gefühle und Gedanken dieses Mannes.

Er vollzog die Stadien des Erblühens, des langsamen Fruchtens und jener Zeit, da die stachelige Hülle zersprang, um die braunglänzende Ernte zu schenken.

War die geliebte Frau dann nahe und hielt die Hand des Mannes fest und staunte ein wenig über die reiche Fülle der Ernte, dann konnte der Mann gelöst und ruhig auch die Zeit des Herbstes über sich ergehen lassen. Er sah die gelbbraunen Blätter im goldigen Licht zu Boden gleiten, seltsam dem Fallen vertrauend, und wußte um das kommende Verharren und verborgene Gebären.

In den dunklen Nächten des Winters träumte er schon von den neuen Blüten und wenn er den leisen

Atem der Frau vernahm, glaubte er die hellen Kerzen deutlich vor sich zu sehen, die sich durch den geliebten Atem leise hin und her wiegten.

Nun genoß er seine Bilder nicht mehr alleine, sondern in Gemeinsamkeit mit der Frau. Deshalb erfüllte ihn große Ruhe und er sah den kommenden Zeiten zuversichtlich entgegen.

DER SCHATTEN VOLL ERWARTUNG

Schon in jener Stunde, da Maria, die Nazarenerin, in Bethlehem den Knaben Jesus gebar, fiel dessen neugeborener Schatten auf einen Ölbaum im Garten von Gethsemane.

Dieser Baum stand dort und erfüllte ruhig und gelassen sein Gebot. Eines Abends aber zogen aus dem Osten die violetten Nebel kommender Nacht heran, und der Stern, den viele schon vor Zeiten erwartet, glänzte groß durch die ziehenden Wolkenschleier.

Da sich der Himmel klärte und des Mondes Licht den Ölbaum silbrig übergoß, drang Erwartung in seine feinen Adern.

Dies war der Augenblick, da jemand seinen Lebensweg begann. Und dieser Weg führte jenen Menschen, jenen Mann, dem Ölbaum auf der Höhe des Berges entgegen.

Alles, was er nun tat und dachte, war Teil dieses Weges.

Die Jahre verflossen und Jesus füllte sie mit Taten. Für den Ölbaum, der die Jahre, ja Jahrzehnte nicht zu zählen brauchte, schien die Spanne zur Erfüllung seiner Erwartung ungeheuer kurz.

Kaum hatte der warme Wind aus dem Tal einige Male mit ihm gespielt, da sah er Jesus schon den Hügel heraufkommen und seine Äste seufzten voll gespannter Ahnung.

Was er noch tun konnte war, Jesus leichte Kühlung zu spenden. Dann aber jagte ein Geschehen das andere und als der Ölbaum wie schützend seine Arme breiten wollte, war jener Schatten, den er heimlich genossen hatte, von ihm geglitten und er stand da, und das Mondlicht verfing sich seltsam kalt und drohend in seinen Blättern.

DER SEHNSUCHTSBAUM

Irgendwo an einer stillen Stelle unseres Inneren pflanzen wir einen Baum der Sehnsucht.

Die Wurzeln reichen tief bis an die Enden unseres Herzens. Für Nahrung brauchen wir nicht sorgen, denn immer wieder, wenn er auch reichste Früchte uns schon schenkte, begann nach einer kurzen Zeit der Ruhe ein neues Blühen.

Seine leuchtende Pracht erstaunte und entzückte uns. Zu manchen Zeiten schien es, als würde er, von allen unseren Sehnsüchten bestrahlt, zu einem funkelnden Riesenstrauß. Aber was gibt es auch alles, wonach wir uns sehnten. In manchen Stunden waren es die sanften Hände unserer Mutter, deren wir bedürftig waren. Dann wieder konnten wir Sonne und die Wärme, die sie spendete, kaum erwarten. Und damit verbunden, glaubten wir den Duft der Sommerwiesen zu spüren und hörten wieder die hohen Tannen unserer Wälder leise über unseren Häuptern rauschen. Sehnsuchtsvoll versuchten wir, uns ihres Duftes zu erinnern. Viel des Vergangenen und mehr noch des Zukünftigen waren Früchte dieses Baumes.

Mit unserer Reife aber schien es, als würden seine Äste langsam müde und unsere Ernte karger. Aber dennoch hob er ein letztes Mal noch an zu blühen in einer seltenen Pracht. Es war in jener Zeit, als wir uns nach dem Höchsten sehnten — nach Gott. Er sollte sich uns zeigen und zu uns sprechen. Doch Gott schwieg. Dieses Schweigen aber war kostbarste Nahrung unserer Sehnsucht nach seinem erlösenden Wort.

Dann kamen Zeiten, da sahen wir nur mehr dünne graue Äste vor einem trüben Hintergrund. Unser Geist und unsere Herzen wurden kraftlos. Mit unseren schwachen Händen versuchten wir, ein kleines Bäumchen Resignation noch in die Erde einzupflanzen. Eines Tages aber hängten wir ein Stück weißen Tuches in die dürren Zweige und lehnten uns müde an den morschen Stamm, um still und ergeben die friedensverheißende Befreiung zu erwarten.

DER ÜBERHÖRTE AUFTRAG

Die Bäume versuchen, ihren Auftrag zu erfüllen. Dieser Auftrag an sie lautet: „Wachset und gedeihet! Strebt dem Himmel entgegen. Traget Früchte und gießet sie, wenn die Zeit gekommen, in den Schoß des Menschen. Werden und Vergehen ist auch Euer Teil, jedoch nur langsam und bedächtig runden sich Eure Adern. Ihr seid Zeichen göttlichen Beschlusses. Erweist Euch dessen würdig."

Und unübersehbare Wälder überziehen den Boden der Erde und bedecken ihn, aus großen Höhen gesehen, wie ein schützendes Moos.

Ein Baum aber erfüllt den ihm übertragenen Auftrag nicht. Er überhört die Weisung. Es ist die Weide. Sehe ich eine Weide, muß ich an einen Menschen denken, dem das Leben geschenkt wurde und der den Auftrag vernahm, dessen Zweige aber nicht die Kraft und den Mut besitzen, dem Himmel entgegen zu wachsen. Alle seine Säfte und Kräfte verebben rasch. Leise seufzend und langen verzweifelten Schnüren gleichend, strebt sein Wachsen wieder der Erde zu, woher es in dunklen Stunden kam. Nichts geschieht, um Sinn und Wert zu schaffen. Jede Handlung geht verloren, bevor sie noch den Samen goldner Früchte gebiert.

Im kühlen Dunkel des Stammes hört man an manchen Tagen die Götter weinen, um des vergeblichen Strebens willen.

Da stehe ich dann vor diesem Wunder an wachsender Traurigkeit und auch mein Herz wird wehe wegen des Auftrages, der überhört, dennoch soviel erdennahe Schönheit geboren hat.

DER BIRKENHAIN

Anna ist ein fröhlicher Mensch. Die schlechten und traurigen Zeitabschnitte ihres bisherigen Lebens überwindet sie mit Hilfe ihrer Fröhlichkeit leichter.

Bleibt auch so manches einschneidendes, tragisches Erleben in ihrem Inneren haften, wird es doch immer wieder von der angeborenen Fröhlichkeit umhüllt und in der Erinnerung so aufbewahrt.

In der Seele jedes Menschen liegt aber nicht nur das von ihm Erlebte, sondern auch eine Essenz der Erlebnisse und Erfahrungen unserer Vorfahren. Sie haben viel Reales um sich geschaffen und ein wenig die Welt verändert.

Mehr noch aber haben sie durch ihre Seele bewirkt, durch Kräfte, die in ihrem Unterbewußtsein wirkten und ihrem Erkennen oft verschlossen blieben.

Wenn nun Anna durch die Tage geht und es ihr gelingt, Spuren zu ziehen, so ist dies jenen Kräften zu verdanken, die sie ererbt hat.

Viele ihrer Vorfahren lebten im Osten Europas, dort, wo der Himmel weit ist. Und sie schritten durch wogende Kornfelder, die einem goldfarbenen Meer glichen, dessen Wogen bis über den Horizont hinweg schlugen. Sie gingen durch endlos scheinende Birkenwälder und in ihnen reflektierte sich das blanke Weiß der Birkenstämme und das helle Grün der wehenden Blätter. Unter ihren Füßen schmiegte sich das weiche, kühle Gras des Waldbodens und war Labung ihren Schritten. Diese Menschen, die der weiten Natur stark und lebensumfassender verbunden waren, besannen sich auf ihre inneren Kräfte und vermehrten sie auf diese Weise.

Alle diese so geschaffenen Gefühle und Empfindungen scheinen in Anna fortzuwirken und ihre Seele erfüllt ein lichter Birkenhain, dessen Leuchten ihr Leben bestrahlt und dies in so starkem Maße, daß es aus ihr bricht und sich über ihre Umwelt ergießt.

So hat niemand je umsonst die Welt durchschritten, denn sein Fühlen wächst gleich einem tiefverwurzeltem Baum durch die Generationen weiter bis in alle Ewigkeit.

DAS VERHEISSUNGSVOLLE BEBEN

Vor kurzem las ich von einer alten Legende, die folgendes besagt:

Als Gott die Welt erschuf und langsam und betrachtend durch die Wälder schritt, verneigten sich die Bäume ehrfurchtsvoll vor ihrem Schöpfer. Ein Baum tat dieses nicht. Er blieb gerade, hocherhobenen Hauptes stehen. Da soll Gott ihn solcherart bestraft haben, daß er bis an das Ende der Welt nicht mehr stille stehen kann.

Ein stetes Beben geht nun durch seine Zweige und Blätter. Dieser Baum ist die Espe.

Da mir ein strafender Gott immer fern und fremd geblieben ist, glaube ich, eine Legende neuer Deutung erzählen zu müssen.

Und sie lautet so:

Jeder Baum in der unendlich großen und weiten Natur steht im Schatten eines Menschen, der die ihm zugemessene Zeit über die Erde schreitet.

Da gibt es schlanke und dicke. Kleine und große. Verschiedene Bäume eben, wie unter den Menschen auch. Aber nicht nur in Gestalt und Form unterscheiden sie sich, sondern viel mehr und tiefgreifender in ihrem Wesen. Viele fröhliche wachsen unbekümmert in die Tage hinein und daneben stehen wieder traurige und bekümmerte, die ihre Äste hängen lassen und oft vielleicht gar nicht wissen, warum sie so traurig sind. Sie sind es halt einfach und hätten noch gerne, daß man sie deshalb Tag und Nacht bemitleidet. Einige aber saugen nur ohne Ende die Kräfte aus der warmen Erde und sonst interessiert sie wenig oder nichts.

Manch einer aber ist anders. Er weiß selbst oft nicht, wie anders, aber alles rührt ihn an und reißt ihn mit. Er kann sich ungeheuer freuen. Er kann furchtbar leiden. Und über allen seinen Regungen schwebt eine lichte Wolke, die den Himmel seiner Welt ein wenig verhüllt, dessen Hintergrund aber zuweilen voll Verheißung aufleuchtet.

In der fernsten Ferne wohnt für ihn Gott — ein liebender Gott —, den er nicht nur voll Ehrfurcht grüßt, wenn er ihn nahe weiß, sondern für den er wächst und lebt, glühend und bebend, durch Zeit und Raum.

Dieser Baum ist die Espe.

DER BAUM OHNE WURZELN

Mancher zieht einen Baum hinter sich her und er nennt sich Künstler.

Dieser Baum ist wurzellos und aus Papier.

Der Mensch hat ihn an eine lange Schnur gebunden und nun flattert der Papierbaum in einem ziemlichen Abstand hinter ihm her.

Dieser Baum ist nicht übel anzuschauen. Er ist bunt und schillernd und gleicht einem jener fliegenden Drachen, die Kinder zu ihrem Vergnügen in die Lüfte steigen lassen.

In diesem Falle aber soll die Umwelt sich nicht an dem Gebilde vergnügen. Es soll nicht bei gutem Wind hoch in die Lüfte steigen und mit den Wolken segeln. Was der Mensch damit erreichen will, ist, die Umwelt zu schockieren.

Häufig gelingt ihm dies auch. Besonders dann, wenn ein Beschauer sich näher mit diesem Ding beschäftigt und seinen tieferen Sinn ergründen möchte. Er ist ganz einfach nicht aufzuspüren. Dabei sollte doch jegliches, das ein Mensch erschafft, einen Sinn in sich tragen.

Besieht der Interessierte sich dieses leichte Ding aber genauer, dann tritt zumeist jene Reaktion ein, daß er sich heimlich denkt: „Dieser Mensch, der solches schafft, muß sehr unglücklich sein." Und es ist auch tatsächlich so. Der Durchschnittsbürger besitzt zumeist ein sehr gesundes Kunstempfinden.

Dieser Baum ohne Wurzeln, der so weit von seinem Erzeuger entfernt hin und her flattert, daß ihn nicht einmal dessen Schatten trifft, wird mit allem Negativen beladen und behängt, das durch die Seele dieses Menschen zieht. Dumpfe Gerüche steigen auf und man fragt sich betroffen, ob dieses Produkt auch nur die geringste Mühe lohnt. Es stoßt mehr ab, als es anzieht. Und wahre Kunst, in welcher Form sie sich auch bietet, sollte anziehen. Sie muß vor allem ein Gewicht in sich tragen, das ihr eine gewisse Beständigkeit schenkt.

Die Zeit ist flüchtig. Wir müssen Unvergängliches in sie pflanzen, um das Rad der Schöpfung weiter zu drehen.

Auch die Bäume aus Papier sind Teil des Wirkens, aber schon ein leichter Wind kann sie verwehen, denn sie sind wurzellos und der Erde nicht verbunden.

DER APFELBAUM

Schon der Frühling ließ starkes Fruchten ahnen.

Blickte das Mädchen auf und ihr Blick traf Mensch, Tier und Pflanze, hob ein zuversichtliches Gedeihen an. Die Gefühle der Menschen vertieften sich, die Tiere atmeten leiser, und die Pflanzen ahnten Kommendes.

Als das Mädchen zur Frau erwachte und ihre Hände liebend in die Bereiche ihrer Umwelt langten, sah man in diesen Händen schon eine runden, rotwangigen Apfel liegen und seine, von der Sonne geschenkten Träume weiterspinnen.

Nach wenigen Jahren umgab diese Frau ein Reigen fröhlicher Kinder und sie breitete die Arme um einen bauchigen Korb, der von glänzenden Früchten überquoll. Sie schien den Höhepunkt ihres Daseins erreicht zu haben.

Ihre Kinder wuchsen heran und ihre Charaktere formten sich langsam. Bei einigen unter ihnen fand die nun reife Frau Züge ihres eigenen Denkens und Strebens wieder. Das wurde ihr nun zum Inhalt ihres Lebens. Selbst schon dem Früchtetragen ferne, wartete sie geduldig auf die Blüte ihrer verstreuten Saat.

Es war genauso wie vor vielen Jahren in der Zeit ihrer Jugend und Erwartung. Sie sah die Augen ihrer Töchter sich mit diesem seltsamen Glanz erfüllen, den einst ihre Augen besaßen. Und sie sah die jungen Apfelblüten sich weich und hell in den Himmel wiegen. Da wußte sie — die Zeit war reif.

Ihre Nächte waren dann einzige Träume von diesem Blühen und erwachte sie am Morgen, war es ihr, als läge ein praller Apfel in ihrer Hand.

Später wurden ihre Äste knorrig und kühl. In manchen Stunden legte sie diese kühlen Hände aber leicht an die geernteten Äpfel ihrer Kinder und fühlte dadurch wieder Stärke und Kraft.

Alles würde weitergehen, wenn auch ihre Säfte langsam versiegten und immer neue Bäume Früchte tragen. Das Leben glich einem großen Kreis und sie wußte sich darinnen wohlbehütet und beschlossen.

DER BIRNENBAUM

Seine wohlgeformten Früchte hatten beschlossen, Süße zu geben. So gab er sie.

Der September hatte gerade erst begonnen, und die Tage waren von jener goldenen Milde, die nur der Nachsommer zu schenken vermag, als Rainer dem Mädchen Susanna begegnete.

All die vergangenen Jahre seiner Jugend lagen wie ein einziger, dahinschwellender Lust- und Freudenstrom hinter ihm und er hatte am Grunde dieses Fließens schon dunkle, geschützte Mulden wahren Empfindens aufgespürt.

Nun aber glaubte er, jenem Wesen nahe zu sein, dessen verborgene Kräfte mit den seinen verbunden wahres Gefühl und erstrebte Tiefe zeugen könnten. Er wollte Liebe und Süße in die Tage legen und sein unsichtbares, aber stets spürbares Spiegelbild sollte von Früchten überquellen.

So viel Sehnsucht nach Liebe und diesem Unnennbarem, das in das Gegenüber gelegt wird, um zu reifen, war durch ihn geströmt und hatte sich auf die vielen Dinge des Lebens geworfen, wie ein heißer Sturm, der mehr zerstört, als er reifen läßt.

Nun, da er die Stunden des Lebens zu nützen wußte, kam es ihm klar zu Bewußtsein, daß die Sehnsucht nach der Liebe zum Teil schon Liebe ist. Er war so, als hätte er sich Tag und Nacht daran versucht, Liebender zu werden.

Jegliches zwischen Himmel und Erde bedarf aber seiner Zeit, damit es den erteilten Auftrag auch erfüllen kann. Auch die gelben, süßen Birnen, die er hinter seinem Denken auf die Ernte warten fühlte, still und versonnen, hatten ihren Weg gesucht und auch gefunden.

Als er dies wußte, sehr gewiß und unumstößlich, reichte er Susanna seine beiden Hände.

Sie ergriff sie, wie ihm schien, ein wenig zögernd, — sie war noch jung und ihr Weg zur Ernte erst zum Teil beschritten —, jedoch sie tat es vertrauend. Und da war es Rainer, als lösten sich viele, viele Früchte von den starken Ästen seines Birnbaumes und fielen, leise lächelnd, in den Schoß seines Mädchens.

DER GESANG DER PALMEN

Jeder Stunde des Tages und mehr noch jener der Nacht bildete der Gesang der Palmen den Hintergrund. Es war der Chor dieser, vorwiegend für den Süden bestimmten Bäume, die dem Leben seinen Rhythmus gaben. Und es war nicht eigentlich ein Rauschen, wie es durch die Wälder der nordlichen Breiten zieht, sondern eben mehr ein vielstimmiger Gesang.

Durch die oft beachtliche Höhe der geschachtelten Stämme, auf deren höchstem Gipfel sich die Blätter auffächern, war es zuweilen so, als ob dieser schwirrende Gesang aus dem Himmel herab sich über die Erde ergieße.

Jener Mensch, der längere Zeit hindurch von diesen Lauten begleitet wurde, sucht diese Musik auf jedem Ort der Erde. Er ist Teil von ihr geworden. Nicht er hat sie in sich aufgenommen, sondern sein Wesen wurde von ihr aufgesaugt.

Sein Denken wird nicht alleine von der sengenden Sonne und dem leuchtenden Himmel der Nacht des Südens bestimmt. Die wuchernde Vegitation hat ihn verschlungen und träumt er in einem kühlen, fernen Land, dann sind es viele riesige Palmen, die ihm ihr wehendes Lied singen.

Und liegt er an einem Waldsaum im kühlen, saftigen Gras, im Ohr das zarte Zirpen der Grillen, vor sich die dunkelgrünen Föhren, ihren harzigen Duft über ihn werfend, so staunt er heimlich über ihre dunkelnde Unbeweglichkeit und Ruhe, und Sehnsucht erfaßt seine Sinne nach dem Baum des Südens.

So prägt jede Landschaft seine Bewohner und das Gefühl, zu Hause zu sein, Heimat zu empfinden, setzt sich aus vielen Gerüchen, Geräuschen und Bewegungen zusammen. Das Produkt dieser immerwährenden Webens und Wirkens ist das zu Hause, das für jeden Menschen an einem anderen Ort der Erde blüht und singt.

AM ANFANG STAND DIE PAPPEL

Auf einem weitausladenden Gutshof in den fruchtbaren Weiten Ostpreußens hatte Marina ihre Kindheit und Jugend verlebt.

Vor dem eichenen Tor des Hauses breitete sich eine einzige Blumenpracht und hellgrüner, weicher Rasen. Wo der Rasen endete, begann die Zufahrt zum Anwesen, die riesige Pappeln säumten, weithin, bis die Straße spitz zusammenlief und es dünkte, als schmiege sich die Pappel der einen Seite vertrauend an ihr Gegenüber. Diese Allee war und blieb Marinas Eindruck von Zuhausesein, von Liebe, Geborgenheit und vorbehaltlosem Frohsein.

Dachte sie in späteren Jahren, nachdem sie weite, fremde Straßen durchwandern mußte, an diese Allee, so klang alles das, in der Vergangenheit Erlebte wie eine süße Melodie in ihr auf. Sie stand dann am Beginn dieser Allee und die erste große Pappel, rechts von der Straße, die besonders schön und harmonisch in den Himmel strebte, rauschte tröstend mit ihren glatten, glänzenden Blättern.

Dieser Baum war Zeuge geworden jedweden Geschehens um sie her. Er war zum Hüter und Gefährten geworden. Sanft grünte er im Licht des Morgens. Er sonnte sich in den Strahlen der Mittagssonne und er verdämmerte mit dem letzten Licht des Tages. Dunkelblau mit Sternengeglitzer übersät wölbte sich der Nachthimmel über ihm.

Gab es ein großes Jagdfest oder einen der glanzvollen Bälle der Saison, dann strahlte die Pappel im Lichte der Fackeln auf und es schien, als genösse auch sie die Freude und Fröhlichkeit der Menschen mit.

Verließen die Gäste zur späten Stunde das Haus, lehnte sich Marina oft noch ein wenig an ihre Pappel und harrte gemeinsam mit ihr dem Verstummen der

letzten Geräusche und der Geburt der nächtlichen Stille.

Dann wurde diese Stille jäh zerbrochen. Zehntausende von Soldaten zogen an der Pappelallee vorbei. Noch lagen frohe Lieder auf ihren Lippen und singend marschierten sie dem Osten zu.

Nicht lange aber dauerte es, und ein geschlagenes Heer schleppte sich zerlumpt und halb erfroren an der Allee vorbei. Die Ruhe, die nun folgte war unheimlich und unheilkündend.

Was dann kam hieß: Plünderung, Brandschatzung, Vergewaltigung und Tod.

Da lud Marina das Nötigste auf einen Wagen, blickte noch einmal auf Haus und Garten, strich abschiednehmend über die kühlen Äste ihrer Pappel und verließ alles mit unbekanntem Ziel.

Was ihr begegnete war: Plünderung, Brandschatzung, Vergewaltigung und Tod und es sah so aus, als wäre die ganze Erde wie mit einem Aussatz davon überzogen.

Einzig ihr Leben rettete sie aus dem Chaos und ihre Hände, mit denen sie versuchte, sich eine neue Welt aufzubauen.

Daß es ihr nach vielen Mühen und Entbehrungen gelang, verdankte sie zum großen Teil ihrer Erinnerung. Glaubte sie nicht mehr weiter zu können, so rauschte in ihr eine Pappel auf, jene aus der alten, noch heilen Welt und da verspürte Marina wieder Mut, weiter zu kämpfen, um das Bild ihres Baumes zu erhalten und weiter zu nähren.

UNGREIFBARES

ODER

IMMATERIELLE WERTE

DIE ERFÜLLTEN VERSPRECHUNGEN DES KASTANIENBAUMES

Als er seine riesigen Äste kahl und dunkel zum Himmel hob, versprach er mir viele Wunder.

Ich wartete und hoffte.

Wenn die Tage heller und ein wenig länger werden, würde er ganz kleine zarte Knospen ansetzen, die sich mit jedem Tag ein wenig weiter öffnen und hellgrüne Blätter gebären sollten.

Und er tat es und sang leise damit in meine Träume.

Aber danach, versprach er mir, kämen unzählige weiße Blütenkerzen, leicht rosa gerändert, mit denen er mir die Nacht erhellen wolle.

Und er tat es und die Nächte waren hell von diesen weißen Lichtern.

Im Sommer wollte er Schatten spenden durch die Dichte seine Blätterdaches und ganz verborgen an seinen Früchten weben.

Und er tat es und die Vögel nisteten leise singend in seinem rauschenden Dom.

Für den späten Sommer versprach er mir, unzählige braunglänzende Früchte in den Schoß fallen zu lassen, die er aus seinen stacheligen Hüllen fröhlich platzen lassen werde.

Und er tat es und ich konnte mit der Ernte viele hungrige Tiere sättigen.

Im Herbst, da würde ich staunen, meinte er, denn er hätte vor, in einem besonderem Gold in der schon ein wenig müden Sonne zu erstrahlen.

Und er tat es und ich glaubte, Danae aus seinem goldenen Licht treten zu sehen.

Danach müsse er, schon ein wenig müde, seine Blätter fallen lassen. Aber es sei kein Grund zum Traurigsein, denn er wisse auch die dunkle und kalte Zeit zu nützen, die für ihn nur ein Kräfteholen für neues Blühen und Fruchten sei.

Vielen weißen, weichen Schnee werde er sich auf seine kahlen Äste legen, der im Lichte der Sonne oder des Mondes wie unzählige Kristalle aufleuchten sollte.

Diese gepolsterten Äste werden die Rastplätze der großen dunklen Raben und Dohlen sein, die ihn in der Kühle ein wenig Leben schenken können.

Und er tat es und stand wie das Schattenbild eines chinesischen Malers vor meinen Fenstern, das mich durch seine stille Schönheit entzückte.

So hielt der Kastanienbaum getreulich alle seine Versprechungen und erfreute mich dadurch das ganze Jahr.

DIE UNSICHTBAREN HÄNDE

Wenn der Morgen dämmrig aus dem Osten steigt, dann wird uns das Leben wieder geschenkt.

Von allen Dingen um uns werden die dunklen Schleier der Nacht gehoben und Stück für Stück kehrt aus dem Verlorenen zu uns zurück.

Da ist es eine alte Uhr, die jahrzehntelang getreulich die Stunden zählt und deren goldglänzendes Zifferblatt uns im zunehmenden Licht immer deutlicher wird.

Dort wieder fängt ein Rubinglas mit feinen Ziselierungen die zunehmende Helle ein, und es ist, als ob es, gefüllt mit dunkelrotem Wein, sich uns zum Trunke anböte. Am Rand des Glases glauben wir, feuchte, sehnsüchtige Lippen zu erkennen, die einst ihren Durst daran zu stillen versucht hatten. Nur die große, braune Kerze mit den eingeprägten Münzen längst vergangener Reiche steht kalt und lichtlos auf dem alten Schrank und wartet scheinbar darauf, entzündet zu werden, damit sie mit ihren weichen Strahlen das Gesicht einer Frau verschönern könne.

Die Vorhänge beginnen ganz sachte zu wehen und wehren sich ein wenig, aus der wohltuenden Stille und Unbewegtheit der Nacht gerissen zu werden.

Der kleine Hund in seinem warmen Korb träumt noch verloren von den weiten Wiesen des schon Erlebten, wedelt leicht und die hellen Töne, die er stoßweise von sich gibt, gleichen einem glückseligen Gesang. Auch er ist wie berührt von etwas, das kommt und Neues bringen wird.

Die Blumen und Pflanzen versuchen, sich dem neuen Licht zuzuwenden und manches Blatt oder eine bunte Blüte bebt und zittert ein wenig.

In gleichmäßiger Folge, unbeirrt von allem Geschehen, sind Tag für Tag unsichtbare Hände am Werk, die uns die Dinge unseres Lebens enthüllen und uns durch die Geborgenheit und Sicherheit, die sie uns geben, wieder bereit für Kommendes machen.

DIE EINGEWOBENEN GEDANKEN

Sie saßen in einem großen Kreis um den Gobelin, die Köpfe gesenkt, mit der linken Hand das Gewebe haltend, mit der rechten die Nadel rasch und sicher auf und ab führend.

Diese Frauen und Mädchen hatten jede für sich ihr Schicksal, ihre Freuden, ihre Tränen, aber vor allem ihre Sehnsüchte.

Und diese Wünsche und Hoffnungen hatten dort ihren dunklen Platz, wo ihre Herzen gleichmäßig oder heftig schlugen.

Das zarte blonde Mädchen, das von Zeit zu Zeit leise auflachte, als hätte ihr jemand etwas besonders Schönes ins Ohr geflüstert, war so sehr in sich versunken, daß es garnicht bemerkte, wie die dunkelgelockte, üppige Frau neben ihm still vor sich hinweinte und manche ihrer Tränen die Arbeit in ihren Händen benetzte.

Auf der linken Seite tuschelten einige Mädchen miteinander und blickten des öfteren rasch von ihrer Stickerei auf, um zu sehen, ob man sie beobachte. Ihnen gegenüber saß eine junge Frau, die ein Kind erwartete und die versuchte, sich immer wieder gerade aufzurichten, als schmerze sie der Rücken. Sie lächelte nicht, aber es ging von ihr eine unbestimmte Ruhe und Zuversicht aus, als ob sie nun vieles wisse, das die anderen erst erfahren müssen. Ein Mädchen, dessen Züge besonderen Liebreiz ausstrahlten, ließ hie und da die Arbeit fallen — obwohl dies bei der Aufsicht streng verpönt war —, lief zum Fenster und suchte die Straße mit ihren Augen ab, bis dorthin, wo sie in Grün endete. Sie erwartete jemanden und es war ihr scheinbar ungeheuer wichtig, in die Arme dieses Jemanden fallen zu können.

Der Gobelin wurde von Stunde zu Stunde farbenprächtiger und manches Geschehen darauf leuchtete dem Beschauer in solcher Natürlichkeit entgegen, daß es ihn erstaunte.

Aber es war etwas, das auf die Menschen einwirkte, das nicht zu erklären war. Eine Bezauberung breitete sich aus, die auch jene, die sich fest mit beiden Beinen im Leben stehend dünkten, ergriff und sie mit einem Mal an ihre längstverflossene Liebe oder an ihre Mutter denken ließ.

Vielleicht waren dies die Gedanken und Sehnsüchte der Frauen und Mädchen, die da um den Bildteppich saßen. Sie waren in die Farben eingeflossen und gaben dem Gobelin erst jenen Reiz, der die Menschen anzog und leise seufzen ließ.

DER WIND IM BIRKENWALD

Ein sanfter Wind, der um das Haus strich, lockte mich in den nahen Birkenwald.

Dieser Wald reichte bis an den Horizont und vereinigte sich dort mit dem Himmel. Er ging in ihn über.

Ich liebte diesen hellstämmigen Wald sehr. Besonders im Frühling, wenn die Blätter der einzelnen Bäume ganz zart und hellgrün erblühten oder wie jetzt im Herbst, da jedes feine Blatt wie vergoldet schien.

Oft muß ich an die alte Legende denken, wenn ich diese wehenden Bäume betrachte, daß die ersten Birken verzauberte, wunderschöne Schwestern gewesen sein sollen. Sie haben sich etwas Mädchenhaftes über Jahrhunderte hinweg erhalten.

Bewegte dann ein leichter Wind die Blätter der Birken und trieb auch die am Boden liegenden hin und her, so entstand dadurch ein ganz eigenartiger Chor. Sein Klang war hell und so, als wäre jedes von der Sonne getrocknete Blatt darüber froh, nun zur Erde fallen zu können, um sie vor kommender Kälte und Näße zu schützen.

Der Wind kam zumeist aus den Weiten des Ostens und er brachte vieles mit sich.

Meine Stirne berührte ein Tropfen Wasser, der aus den Fluten des Ganges stammen könnte, und auf meinen Lippen glaubte ich goldfarbene ganz feine Sandkörner der Wüste Gobi zu verspüren.

In meinem Haar hatten sich die scharfen Gerüche der orientalischen Gewürze verfangen, und wenn mich meine Fantasie nicht verführte, trieb der Wind einige rosa Blüten von japanischen Bäumen vor sich her.

Balaleikaklänge ertönten und in weiter Ferne schienen zwischen den Baumstämmen Ikonen aufzuleuchten.

Ja, der Wind wußte um alle Schätze des Ostens, und er hatte sie immer wieder berührt und bewegt.

Zuweilen aber, wenn er zu einem Sturm oder Orkan anwuchs, hatte er alles aus seinen Grundfesten gerissen und vernichtet.

Vieles aber, das zum Grundpfeiler unserer Kultur wurde, ist mit ihm eingeflossen. Im Südosten Europas weiß man um die Wiege der Menschheit und schon dreitausend Jahre vor Christus, als unser Kontinent noch im Dämmer der Geschichte lag, entstand dort das große Epos der Gilgamesch.

Der Osten hat ein Licht entzündet und wir Abendländer haben es mit gierigen Händen ergriffen und versucht, unsere Sehnsucht nach Licht und Wissen daran zu stillen.

Es ist uns gelungen, und das Abendland hält dieses Licht noch immer fest, auch wenn es manchmal fast zu erlöschen droht.

Und über alles hinweg weht der Wind und trägt sein Wissen um Mensch und Erde immer weiter und weht und weht ...

DIR!

Wenn ich Dir heute schreibe, so ist es deshalb, weil ich damit versuche, unsere Gefühle zu klären, einzuordnen, sie auszuloten bis an ihre Grenzen.

Es ist aber immer wieder so, daß man an eine unüberwindliche Grenze stößt. Dort, wo die Quellen unserer Seele liegen, herrscht Sprachlosigkeit.

Vielleicht muß es so sein, denn ans Licht gebracht und in armselige Worte gehüllt, verblaßt der tiefe Schein des nur innen Erlebten.

Und doch glaube ich, daß gerade ein Liebender auch in Worten sich bis zum Äußersten verströmen will, ja muß, um nicht an seinen Gefühlen zu ersticken.

Welche Atemlosigkeit befällt uns oft, wenn uns ein Blick aus jenen Augen trifft, die wir Nacht und Tag ohne Rast suchen?

Wir Liebende haben ein Boot bestiegen, das uns unter Stürmen ans Ufer des anderen Herzen wirft. Viele kentern auf dieser Fahrt oder werfen die Ruder ganz einfach in die See.

Landet man aber und verankert sein Seil, dann beginnt die wahre Reise erst, die Reise zu den Quellen des Geliebten.

Hilflose Worte sind unser Wanderstab, aber immer haben wir das Ziel vor Augen, die Wahrheit, die ganze, ungetrübte Wahrheit in ihrer tiefen Beglückung zu erfahren.

Diese Odyssee ist auch mein Schicksal, aber genügt es nicht, daß ich liebe?

Auf einem Grabstein, weit im Osten, las ich einmal die Worte: Tu sais — Du weißt.

Ist es der Tod, der uns wahrhaft wissend macht?

Wir werden es über den Grenzen einst erkennen.

Bis dahin reisen wir gemeinsam über die Wellen des Glückes und des Traurigseins und wichtig ist nur, daß wir uns lieben.

Also — liebe mich.

Die Deine

DER ZAUBER DES VERLORENEN

„Ja," sagte sie, „du hast recht. In der Erinnerung bekommt alles ein anderes Gesicht. Ob dies ein Zeitraum ist, ein besonderes Erlebnis, eine Reise oder ein Mensch, der neben uns ging oder dem wir irgendwo oft nur für einen Augenblick begegnet sind. Es war Baudelaire, glaube ich mich zu erinnern, der einmal sagte: ‚Kaum geschwunden, wird jedes Ding mir klar. Was nicht mehr ist, wird Helle.'

Es ist sonderbar, aber wir Menschen haben die Gabe, die dunklen Geschehen in unserer Vergangenheit zwar nicht zu vergessen, aber sie doch stark zu verdrängen. Letzten Endes wollen wir sagen können: ‚Es war alles gut. Ich habe manchen Fehler gemacht und es war kein Gang durch freies Feld, wie Pasternak einmal sagte, aber ich habe auch viel Schönes erlebt und in manchen Momenten ist es mir sogar gelungen, andere Menschen glücklich zu machen.'

Das ist die allgemeine Rückschau. Und doch — wenn wir uns bewußt auf die Ereignisse oder die Menschen, die wir liebten, konzentrieren, dann geschieht auf einmal mehr. Es entsteht so etwas wie Entrückung auf eine neue Ebene.

Jedes Ding, das wir einst berührten, besitzt dann einen besonderen Glanz und die Ufer der Meere, die wir einst entlang geschritten, lassen uns ihren spröden Sand verspüren, und ihre Unruhe lebt in uns wie eine leise Unrast, die uns aber nicht belastet sondern beflügelt.

Einmal erlebte ich an südlichen Küsten eine Abendstimmung, die mich noch heute, nach vielen Jahren, an neue, oft ersehnte Ufer schwemmt.

Da ist es der Blick eines geliebten Menschen und dort wieder sitzt jemand einsam auf einer weiten Wiese, und ich merke an ihm, wie sehr wir alle Teil der

Natur sind, denn diese menschliche Gestalt vereinigt sich mit den wiegenden Gräsern und dem hellen Himmel in wunderbarer Weise.

So empfinden wir Lebende das hinter uns Liegende. Wie aber erleben, im wahrsten Sinne des Wortes, es die Toten?

Wir wissen nichts darüber. Diese Anballung von Energie, die uns im Augenblick des Todes verläßt, bleibt dem Leben vielleicht ganz nahe und ihre stärkste Substanz ist auch für sie die Erinnerung, verbunden mit der Erwartung auf das große Gericht.

Man sagt, daß die Toten uns berühren können. Ist es ein Atem, der uns trifft oder der leichte Stoß gegen unser Herz, den wir manchmal fühlen, wodurch dies geschieht?

Eingebettet zwischen Kommen und Gehen, wandeln wir uns stetig, aber als unverlierbaren Schatz, vielleicht bis über den Tod hinaus, tragen wir alles Verlorene in uns und genießen in stillen Stunden jenen Zauber, den die Zeit wie ein buntes Tuch darüber gleiten ließ.

Findest du nicht auch?"

DIE FAHNE WEHT

Es war mir, als riefe mich jemand. Ich ging ein wenig zaghaft dieser Stimme nach und plötzlich war es nicht mehr eine Stimme, sondern viele — ein Stimmengewirr.

Ein Tor öffnete sich, und ich stand in einem großen, hohen Raum. Dieser Raum war voll von Menschen, hauptsächlich Männern und sie alle trugen Kostüme in den verschiedensten Variationen. Alle waren ausgesprochen kostbar gekleidet. Gold und Edelsteine glänzten an ihnen und ihre Köpfe zierten mit Diamanten besetzte Stirnbänder.

Einige von ihnen hatten kleine Hündchen am Schoß sitzen und auch die Halsbänder dieser funkelten und strahlten.

Bei einem der Männer bemerkte ich eine Kleidung ähnlich jener des Sonnenkönigs aus dem Frankreich der Barockzeit und einer ging in dem Saal umher, zog einen kleinen Wagen mit sich und ließ die angesammelten Schätze, die darin lagen, von den anderen gebührend bewundern.

Am Ende des Raumes stand eine vergoldete Schaukel und auf dieser saß, ganz in Pfauenfedern gehüllt, scheinbar der höchste dieser Versammlung.

Ich fragte leise einen neben mir stehenden Herrn, welche Gilde sich hier zusammengefunden habe. Er sah mich ein wenig erstaunt an und meinte, das müsse man doch erkennen. Es seien die wichtigsten Politiker unseres Landes.

Da wurde mir auf einmal klar, was die vielen riesigen Fahnen an der Decke des Raumes zu bedeuten hatten. Es waren die Flaggen der verschiedenen Parteien, die sich hier versammelt hatten.

Diese Fahnen flatterten hin und her und ihre Embleme und Parolen strahlten im Lichte der vielen Scheinwerfer magisch auf.

Alle diese Parolen verkündeten Wohlstand, Frieden, Glück und vieles mehr. Mit einem Wort — paradiesische Zustände.

Auf einer Fahne bemerkte ich die Embleme der Wissenschaft, aber diese hatte man ganz in der Ecke aufgehängt, so, als würde man sie nur dulden, weil man sich ab und zu aus politischen Gründen ihrer bedienen mußte.

Was mir an Worten zuflog, machte mich ein wenig traurig. Es ging um Macht, Neid, Gewinn um jeden Preis, und letzten Endes um die Bezüge der Politiker, die jede Höhe des Gebotenen als unter ihrer Würde fanden.

Ich fragte mich heimlich, warum man mich hierher geholt hatte. Wie zur Antwort zeigte einer der Herren nun auf mich und fragte, ob ich keine Fahne hätte. Doch, sagte ich, die habe ich und zog sie aus meiner Seitentasche. Es war keine Fahne im üblichen Sinn, sondern mehr ein Wimpel. Ich strich ihn glatt und stellte ihn vor mich auf den Tisch.

Und alle schauten mit einem Mal darauf und begannen fast gleichzeitig laut aufzulachen. Als sie sich ein wenig beruhigt hatten, fragten sie mich, noch ein wenig glucksend, was denn so winzig auf meiner Fahne (sie zogen das Wort lange hin), stünde, als Wahlspruch oder Parole. Da sagte ich laut und bestimmt, damit es auch alle hören konnten: H U M A N I - T A S !

Für einen Augenblick wurde es ganz still im Raum und man hörte nur das leise Knattern der Fahnen, die sich, scheinbar in einem künstlich erzeugten Wind, bewegten.

Dann nahm ein Mann meine kleine Flagge mit spitzen Fingern, um sich nicht zu beschmutzen, drückte sie mir in die Hand und meinte herablassend, aber nicht unfreundlich, daß ich hier fehl am Platze sei. Und wie zur Bestätigung dieser Ansicht war plötzlich viel Licht um mich und ich erwachte. Ich vergewisserte mich, ob meine Fahne noch heil sei. Sie war es! Leicht bewegte sie sich im Morgenwind und wartete geduldig auf ihre große Stunde.

SO WAR ES — SO IST ES

‚Wäre ich doch schon ein wenig älter', dachte sie und zerrte an ihren ein wenig dürftigen Zöpfen, als könnte sich schon dadurch alles ändern, wenn nur die Haare ein wenig länger und voller sein würden.

So war es in der Kindheit und ihre Ungeduld schien unzähmbar. Nur wenn sie sich ein wenig an die Mutter schmiegen konnte, dann wurde es still in ihr. Da wollte sie die verrinnenden Minuten wieder aufhalten, aber es gelang ihrem heißen Herzen dieses nicht und auch nicht, das Rad der Zeit rascher durch die Tage zu drehen.

Als sie zu einem langen, mageren Mädchen heranwuchs, schien sie ein wenig ruhiger und ausgeglichener. In Wahrheit war es aber so, daß sie es besser zu verbergen lernte, was sie bewegte. Nur in ihren Träumen, da stürmte sie mit heißer Ungeduld weiter und weiter. Sie wollte alles sehen und vor allem es auch verstehen. So vieles geschah um sie, das sie nicht einzureihen wußte. Fast glaubte sie zu bemerken, daß die Menschen, die man als erwachsen bezeichnete, in manchen Momenten voll Unsicherheit auf den Wegen des Lebens nicht weiter zu gehen wußten. Und sie verschlang die Bücher der großen Dichter, weil sie dachte, die müßten alles wissen und wegweisend sein.

In späteren Jahren merkte sie, daß auch die Dichter ein Leben lang auf der Suche nach etwas waren, das vor ihnen leuchtete, sich ihren Händen aber immer wieder entzog. Die dem Ziel nahe kamen, waren zumeist jene, denen im Leben das Glück versagt blieb. Aber vielleicht gehört das Leiden eben zum Weg.

Erst die Reife ließ sie langsam erkennen, daß alles Fühlen und Denken eine einzige Suche nach den tiefen Wahrheiten unseres Seins ist und daß diese Suche uns manches Mal beglückende Erkenntnisse schenkt, eine gewisse Ungeduld aber bis an das Ende unseres Lebens in uns wirkt, die nie ganz befriedigt wird.

Wir gehen durch viele Tore, und neue Landschaften öffnen sich unseren Blicken. Erst wenn wir die letzte Pforte öffnen, wird wahrscheinlich unsere Ungeduld versiegen, aber von unserem letzten Wissen können wir niemandem mehr sagen.

FREMDE HÜLLEN

Das Gefühl kannte ich gut noch aus den Tagen meiner Kindheit und Jugend. Immer wollte ich mich verkleiden. Selten war ich mit mir zufrieden, so wie ich mich gerade zeigte. Da drängte ich mich dann in den großen, breiten Kleiderschrank meiner Mutter, sog den Duft ein, der den Kleider entströmte und, vielleicht durch diesen Duft angeregt, entschloß ich mich, eine Robe anzulegen. Sie mußte lang und irgendwie glitzernd sein, damit meine Verwandlung eine starke sei.

Fast so war es mir auch jetzt. Nur war ich kein Kind und kein Mädchen mehr, sondern eine gereifte Frau, die wußte, daß es mehr bedarf als des Äußeren, um sich zu verändern. Tief in der Seele, oder in dem, was wir als Seele bezeichnen, geht die Veränderung, ja, Verwandlung einher.

Nun glaubte ich mich in einem großen Raum zu befinden, der mit Gewändern dicht gefüllt war. Als ich mit diesen Gewändern Berührung suchte, merkte ich, daß es sich nicht um Kleider handelte. Es waren Hüllen. Was fehlte war ein menschlicher Leib. In jede dieser Hüllen könnte ein weibliches Wesen Einzug halten und beginnen, die Wege des Lebens zu durchschreiten.

Könnte auch ich in diese Schalen einstgelebten Lebens gleiten? Nicht mehr, denn alles, das sich mir zeigte, gehörte der Vergangenheit an, meiner Vergangenheit, wie es mir nun langsam bewußt wurde. Da waren bunte Tücher und weite Umhänge, die ich in der Zeit der jungen Liebe mir um den Körper geschlungen hatte. Dort wieder ruhte eine Hülle, die ich trug, als mir der Tod begegnete. Hier aber, meinen Händen nahe, fühlte ich weiche Seide, die mich in glücklichen Stunden jüngst vergangener Tage umhüllt hatte.

Alle, die hier ruhten, hatte ich abgestreift und mit ihnen einen Teil des Erlebten. Manche hatten mich ein Stück dem Himmel näher gebracht, andere wieder mich zurückgeworfen.

So wird es immer sein, und neue Hüllen warten in reicher Fülle auf ihre Zeit. Bis einst die letzte leer und ausgebrannt zurückbleibt, weil meine Seele ihr Ziel gefunden.

DAS ZUFRIEDENE LÄCHELN

Im Unterbewußtsein der Tochter ertönten in stillen Momenten immer wieder Kompositionen des Vaters. An manchen Tagen, besonders wenn vor den Fenstern dichter, grauer Nebel lag, dann war es ihr, als durchzögen diese Nebelschwaden Klänge, die einst aus dem Herzen ihres Vaters geboren worden waren.

Eine sanfte Altstimme schwebte über den Orchesterklängen, schmiegte sich an die schwingenden Geigen und das Verstummen der Musik stimmte die Frau stets ein wenig traurig, aus Angst, es könnte in ihr nicht wieder zu hören sein. Aber ihr Gedächtnis war stark, denn es wurde von ihrem liebenden Herzen genährt.

Und eines Tages war es dann so weit, daß sie den Entschluß faßte, ein großes Werk ihres Vaters tatsächlich zu hören — es aufführen zu lassen.

Als sie ihren Plan einer Freundin erzählte, meinte diese: „Da gehört ein starker Idealismus dazu. Das wird ein harter Weg für dich."

Es war ein harter, steiniger Pfad und er überstieg fast ihre körperlichen, seelischen und finanziellen Kräfte.

Mit großer Mühe gelang es ihr, ein Orchester, einen Chor und vor allen Dingen eine hervorragende Altistin zu finden und sie alle für ihr Unternehmen zu gewinnen.

Der Abend der Aufführung war gekommen, und sie begrüßte alle die Freunde und Bekannten, von denen viele noch ihrem Vater einst die Hand gedrückt. Dadurch kam er ihr so nahe, wie schon lange nicht, und sie hatte das Gefühl, daß er neben ihr stand und ging.

Dieses Gefühl war so mächtig, daß sie versucht war, mit ihm zu sprechen. Dann aber wurde es ihr bewußt, daß sie keine Antwort erhalten konnte, denn Tote dürfen und müssen schweigen.

Der Dirigent hob seinen Stab, und es wurde still im Saal. Sie lehnte sich zurück und gab sich ganz den Klängen hin. Endlich war alles dies nicht nur in ihr, sondern um sie und hüllte sie beglückend ein. Die letzten Takte des Chors, die einer Hymne gleich dem Himmel entgegenstrebten, verklangen, aber bevor die Tochter wie aus einem schönen Traum erwachte, erschien ihr Vater vor ihr, ganz wie sie ihn in Erinnerung hatte, nur ein wenig lichter — leichter — und um seine Lippen lag ein zufriedenes Lächeln, hell wie eine silberne Wolke.

SONNENSTRAHLEN IM DEZEMBER

Einem langen, naßdunklen Winter folgte ein sonderbar farbloser Frühling, dessen Blüten wie hinter einem grauen Vorhang wenig Früchte versprachen.

Sie hatte schon Sehnsucht nach Helle und Wärme gehabt, aber auch der Sommer ging hin und blieb kühl.

Nun aber im Dezember, dessen Tage sich nur kurz aus der Dunkelheit der Nacht heben konnten, fielen die Strahlen der Sonne, die einem fast erkalteten Gestirn glich, auf die dürstende Erde. Manche Pflanze hob noch aus letzter Kraft ihre herbstlichen Blüten diesem Licht entgegen und suchte es, als könnte es ihr jetzt schon neues Leben schenken. Aber die wenigen Stunden des Leuchtens reichten nicht, um bis an ihre Wurzeln zu dringen. Rasch wurde es wieder dunkel um sie, und die Nächte waren unendlich lang und rauh.

Ein Strauch, der wie aus Versehen an einem schwachen Ast eine kleine Blüte ansetzte, mußte sehen, wie sie vom Frost verbrannt zur Erde taumelte und von einem Windstoß fortgetragen wurde, in das allgemeine Verwelken getrieben.

Auch einer Primel dünkte es, Frühling zu werden. Sie entfaltete ihren zarten Blütenkopf und erschrak bis ins Innerste ihres hellgrünen Stengels. Wie hatte sie sich doch täuschen lassen!

Und der Frau, die sich nach warmen Sonnenstrahlen sehnte, erging es nicht viel anders. Sie hielt ihr Gesicht der Sonne entgegen und aus den kahlen Gebüschen fielen kalte Tropfen des Reifes auf ihre blasse Haut.

Die Sonnenstrahlen im Dezember sind wie ein krankes Kind. Sie erwecken Hoffnungen und erfüllen sie nur zögernd oder garnicht. Was wir brauchen, ist Geduld. Sie wird aus unserem Wissen genährt, daß es immer wieder Frühling wird.

DER LEBENSSTROM

Im Strom zum Leben erwacht ließ ich mich wiegen und treiben und genoß es, Mensch zu sein. Uraltes Wissen lag tief in mir und wartete auf seine Stunde, um sich zu beweisen.

Dem Licht trug es mich sachte entgegen und seine Strahlen drangen in mich und spiegelten sich in meiner jungen, unberührten Seele.

Dann öffneten sich meinen Augen immer größere Weiten und das Ufer meines Stromes wurde zur grünenden Welt, die, beschienen von einem goldenen Ball, blühte und duftete.

Zu Zeiten drohten mich die Wellen zu verschlingen, aber sanfte, zärtliche Hände retteten mich immer wieder und bargen mich in ihrer Liebe.

Mein Horizont weitete sich von Jahr zu Jahr. Die Sehnsucht wurde größer in mir, an diesen Horizont und über ihn hinaus zu gelangen. Aber der Strom war stärker. Er trug mich den vorbestimmten Weg.

Helle Tage stiegen aus dem Osten auf und es dünkte mich, daß sie Glück in ihren Mantel für mich trugen. Und es überfiel mich, machte mich atemlos und glühend, und ich war froh, vom kühlenden Wasser umflossen zu sein.

Versank das Licht, dann stiegen die Träume auf, und ich wußte sie vom wogenden Leben oft nicht mehr zu unterscheiden. Ihre bunte Fülle floß durch mein Sein, als wäre ich ein durchlässiges Gefäß, das dem Unfaßbaren Heimat wurde.

Vom Traum zum Licht hoben sich dämmrige Dome in mein Denken, und mein Fühlen wurde durch ihre schwarz-weißen Marmorsäulen bestimmt. Irgendwo in einer riesigen Kuppel erklangen Chöre, wie von Engelsstimmen getragen, und jemand nahm meine bereite Hand und führte mich zu einem von vielen Kerzen erleuchteten Altar. Eine Frau mit einem Kind auf ihren Armen lächelte wissend, und ihr Gewand glich jenen Wellen, die mein Leben bestimmten.

Nach langer Zeit veränderte der Strom seinen Lauf, und die Ufer verdunkelten sich. Durch die Dunkelheit konnte ich am jenseitigen Ufer Gestalten erkennen, die warteten und mir ihre Hände entgegenstreckten. Ich versuchte, sie zu grüßen, weil ich glaubte, Wesen zu erkennen, die ich einst sehr geliebt hatte. Aber ich wollte in meinem Fließen noch nicht innehalten. Es war zu schön, dieses sich Verströmen. Ich versuchte zu rufen: ,,Bald! Bald! Habt ein wenig Geduld!'' Sie schienen mich gehört zu haben, ließen ihre Arme fallen und sanken in die Knie.

Um so mehr genoß ich nun die Kühle des Wassers, und das stete sich einem Ziele zuzubewegen, weil ich mich dereinst von geliebten Seelen erwartet wußte.

So kam ich von der Quelle und strebte der Mündung entgegen, umarmt vom Strom, der mein Leben war.

DIE RÄUME DER KINDHEIT

Kindsein ist schwer. So vieles gibt es, das verschlossen ist und wofür die Kraft nicht ausreicht, es zu öffnen.

Aber dieses Ungesehene und nur Erfühlte wird ausgeglichen durch jene Räume, die sich die Fantasie des Kindes baut. Und sie sind groß und zauberhaft. War es an einem trüben Herbsttag oft nur eine Ecke im Zimmer der Großmutter, wo das Kind spielen konnte, so wurde diese dunkle Ecke zu einem riesigen Reich, das einen dunkelblauen Sternenhimmel über bunte, endlose Wiesen spannte.

Kam dann der kleine Hund der Großmutter und legte seinen Kopf voll Vertrauen auf die Füße des Kindes, dann war er der starke, gezähmte Löwe, der sie, die wunderschöne Königin dieses Reiches, Schritt für Schritt begleitete und bewachte.

Sodann bestieg die Träumende ihr Pferd, das sich zitternd bäumte — zitternd deshalb, weil es nur ein alter Schemel war — und den Zaum ergreifend, ging es dahin.

Jedes Buch befeuerte die kleine Leserin und Tage und Wochen erschien das Schicksal der Heldin, das ihre zu sein. Wie war die Welt doch bunt und voll von Geheimnissen, die es zu ergründen galt.

Dieses Leben und seine Weiten wollten ausgefüllt sein. Man liebte und haßte aus ganzem Herzen und kalt wurde es nur dann, wenn man das Kind aus ihrer Welt herausriß. Es mußte ,,Bitte'' und ,,Danke'' sagen und Menschen die Hand reichen, die einen unangenehmen Geruch verströmten und deren Blicke ihm Angst machten.

Aber zurückgekehrt in seine eigene Welt fühlte es sich wieder gut und das Seil, über das es tanzend dahinschwebte, bot mehr Sicherheit, als das wahre, grell beleuchtete Leben.

Als der Tag kam, da es nicht mehr Kind sein durfte, stürzte es von einem Seil, aber irgendeine Hand fing es auf und führte es weiter, immer weiter.

Viel Zeit verging — viele Jahre. Dann aber wurde es wieder stiller und die Räume wieder weiter und bunter, nämlich dann, als die Erinnerung an die Kindheit wieder lebhafter wurde und näher rückte.

Damit begann sich der Lebenskreis zu schließen, und die Fantasie kam wieder zu ihrem Recht.

DIE WEGKREUZE

Als Kind sucht man nicht nach Wegweisern. Man geht voll Vertrauen an der Hand der Mutter oder des Vaters und sieht nicht das Ziel, sondern die Blumen am Weg und die Buntheit des Lebens.

In der Jugend ist es schon anders. Man steckt sich Ziele und diese liegen weit und sind vergoldet von heißen Wünschen. Unbekümmert ziehen wir unserer Wege und vertrauen jedem Pfeil und jeder Markierung, weil wir noch wenige Enttäuschungen zu überwinden hatten.

Den Blick in die Ferne gerichtet stürmen wir dahin und übersehen in unserer Zielstrebigkeit nicht selten die Schönheiten, die am Wegrand blühen.

Wir übersehen aber auch gleich Blinden die Warnungen, die da und dort aufleuchten. Unsere Suche verdunkelt den Blick. Vielleicht ist das gut und gewollt, denn eine kurze Zeit seines Lebens soll der Mensch nur genießen und sich seiner Tage vorbehaltlos freuen. Haben wir die stürmende Jugend hinter uns gelassen, suchen wir das Du und wollen mit ihm verschmelzen, eine neue, glühende Form gebären. Alle Wege gehen wir umschlungen. Die Düfte um uns, der leise Wind, der Himmel — alles dünkt uns neu.

Schon in der beginnenden Reife wird es anders. Nun verharrt der Mensch lange überlegend an den Wegkreuzungen und wählt mit Bedacht seine Wege der Zukunft. Zu oft hat er sich in den Gestrüppen schon verirrt und seine Kräfte vergeudet. Nun weiß er, was er will und sucht. Und er sieht nun alles mit anderen Augen. Er genießt seine Wege, jeden einzelnen so, als ob er der letzte wäre. Alles dringt in ihn ein und das Wandern wird ihm fast schon zum Ziel.

Werden die Tage dann kürzer und dunkler und der Winter seines Lebens senkt sich auf die Fluren, dann wird der Kreis seines Wanderns immer enger und manches Wegkreuz auf lichter, besonnter Höhe leuchtet nur mehr in seiner Erinnerung auf.

Um die Wege der Vergangenheit wird es nun heller und heller. Nur die Zukunft erscheint ihm in Dunkel gehüllt.

Dennoch aber wird er einst an einem Kreuz stehen und wissen, daß dieser Weg zum letzten Ziel führt. Das Licht wird dann sehr stark werden, und er wird eingehen in dieses Leuchten, das keine Grenzen kennt.

Ein Kreuz wird strahlen, und der Mensch wird um seine Vollendung wissen.

DER KLEINE BRUDER

Die Führung eines Klosters war keine leichte Aufgabe, aber als man sie ihm vor vielen Jahren übertrug, war er froh darüber und hatte den festen Willen, alles so gut wie möglich und zum Wohle des Hauses zu machen.

Es ging auch gut, und seine Kräfte schienen an den vielen Aufgaben zu wachsen. Mit den Jahren aber ging eine leichte Veränderung mit ihm, besonders in ihm, vor sich. Er begann scheinbar zu altern und manches, das er noch vor wenigen Jahren als leicht befunden hatte, erhielt nun eine gewisse Schwere.

Als er sich einmal besonders müde fühlte und der einsetzende kalte Winter mit starken Schneefällen seinen Körper mit Kälte umschloß, erinnerte er sich an Bruder Benedikt, den er einst im Konvikt als Schüler hatte und der es immer besonders liebte, im verschneiten Wald herumzustapfen. Er hatte Frohsinn und Kraft verströmt, obwohl er so klein und zart war, daß man glaubte, ihn ein wenig schonen zu müssen. Er schrieb nun seinen Bruder Christoph in das in der Ebene gelegene Kloster und bat ihn, Bruder Benedikt für einige Zeit zu ihm in die Berge kommen zu lassen. Ihm würde die Höhenluft bei seiner schwachen Konstitution sicher gut tun.

Der Abt war einverstanden, und an einem besonders stürmigen Tag, an dem dicke Schneeflocken durch die Luft wirbelten, stand plötzlich Bruder Benedikt vor dem Tor, lächelte leise, säuberte sich vom Schnee und nahm seinen Reisesack auf die Schulter. Dieser Sack war fast größer als er.

Und jeder Bruder, der ihn nun begrüßte, begann auch ein wenig zu lächeln, wenn er vorher ernst, ja sogar ein wenig mürrisch seinen Pflichten nachgegangen war.

Auch der Abt freute sich, als Bruder Benedikt bei ihm eintrat. Es war, als würde trotz Sturm und Kälte ein warmer Sonnenstrahl in das Zimmer fallen.

Was er denn in dem großen Sack mit sich trage, fragte er den Bruder, und dieser lachte und sagte, er sei voll von großen Schätzen. Da sei er aber neugierig, welche Kostbarkeiten er besitze. Bruder Benedikt ließ den Abt einen Blick in seinen Sack tun. Der sah nur viele Bücher und einige kleine Bilder. Aber es war auch eine Flöte darinnen und da meinte der Abt, daß ihnen wohl ein wenig Musik mit ihm ins Haus stünde. „Ja", sagte Bruder Benedikt, „ich werde ein wenig spielen, wenn es dir recht ist." „Wir haben gerne Musik, du weißt. Also lasse dir nun deinen Raum zeigen, wo du schlafen wirst. Beim Abendessen sehen wir uns."

Bruder Benedikt ging, drehte sich aber, bevor er den Raum verließ, noch einmal um und sagte leise: „Danke, Vater!"

Ja, es war gut, ihn ein wenig hier zu haben.

Kurze Zeit später sah der Abt den Bruder schon in den Wald hinauflaufen. Er sollte es nur genießen. Gott würde an ihm seine Freude haben.

Am Abend saßen sie alle in der Halle beim offenen Kamin beisammen und sprachen über die Dinge des Tages und was es in nächster Zeit zu tun gäbe. Aber das Gespräch war nicht so ernst und trocken wie sonst. Manches Lachen kam auf, und Bruder Benedikt, der mit glühend roten Wangen neben dem Kamin saß, war meistens der Anlaß dafür.

Pater Leo, der wegen seines Rheumas nicht mehr in die Wälder gehen konnte, sagte zu Bruder Bendikt: „Na, erzähle, was hast du denn heute wieder alles Wunderbares im Wald erlebt?"

„Es war tatsächlich wunderbar", meinte dieser. „Diese wehenden Flocken und die tiefe Stille. Nur hie und da bewegte sich ein Ast oder ein Zweig eines verschneiten Strauches. Von irgendwo her ertönte der Ruf eines Vogels. Es war herrlich. Soll ich nun meine

Flöte holen?" fragte er und schaute zum Abt hinüber.
„Ja, hole sie."

Dann spielte er, süß und schwebend, als hätte er die Leichtheit der Schneeflocken zu Musik werden lassen.

Die Tage vergingen, und das frohe Wesen des Bruders Benedikt erfüllte das Kloster wie ein Gewebe aus Wärme und Licht.

Als es Abschied nehmen hieß und Bruder Benedikt dankend seinen lichten Kopf senkte, meinte der Abt: „Wir haben dir zu danken. Gott hat dir die Gabe geschenkt, Menschen zu stärken."

Bruder Benedikt nahm seinen großen Sack wieder auf, ging ein wenig zögernd durch die Halle, und als er aus dem Tor trat, faßte er tief in den leichten Schnee und ließ ihn sich über Kopf und Stirne fallen. Dann lachte er auf und verschwand im Wald, der sich zu Tal senkte.

Der kleine, schwache Bruder Bendikt hatte wieder viel Kraft verschenkt und würde sie bis ans Ende seiner Tage fröhlichen Herzens verschwenden.

DER ZUG DER SCHWEIGENDEN

Über eine, bis an den Horizont reichenden Hochebene sah ich im Traum eine unübersehbare Menschenmenge ziehen. Teils Frauen, teils Männer — diese deutlich in der Überzahl — schritten schweigend dahin.

Die Stille, die über dieser Menge lag, erschreckte mich fast und machte mir Angst. Wenn diese vielen Menschen schon nicht miteinander sprachen, so hätte man doch ihre Schritte vernehmen müssen oder in dieser flirrenden Stille sogar den Atemzug eines Vorübergehenden vernehmen können. Aber es herrschte ungebrochene Ruhe.

So versuchte ich, durch das Aussehen der einzelnen zu erkennen, um wen es sich hier handelte und wer da an mir vorüberzog. Und da wußte ich es mit einem Mal: Es waren die Dichter und Dichterinnen der vergangenen Jahrhunderte. Schon glaubte ich, einige zu erkennen. In vorderster Reihe sah ich Rainer Maria Rilke langsam, ein wenig behutsam, dahinschreiten. In der Hand trug er eine vollerblühte Rose, die er zuweilen an seine Lippen drückte.

Neben ihm ging Hugo von Hofmannsthal und hielt mit beiden Händen ein Bild, das er, konnte man sagen, vor sich her trug. Ich versuchte zu erkennen, wessen Bild es war. Es war jenes seines Sohnes, der einst freiwillig aus dem Leben geschieden war.

Neben ihm ging Thomas Mann. Er führte seinen Hund Bauschan, den er in einer wunderschönen Erzählung verewigt hatte. Ab und zu strich er ihm zärtlich über den Kopf und der Hund sah voll Liebe zu seinem Herrn auf.

Als erste Frau erkannte ich hinter Thomas Mann die Lyrikerin Maria Ebner Eschenbach. Auch an sie drückte sich ein mittelgroßer struppiger Hund. War es Krambambuli?

Die erste bekannte deutsche Lyrikerin Roswitha von Gandersheim folgte. Sie lächelte ein wenig scheu. Zu ihrer Zeit war es noch nicht üblich, daß Frauen mit ihren Gedanken an die Öffentlichkeit traten. Sie schrieben schöne, inhaltsreiche Briefe oder Tagebücher, denen sie ihre Gefühle und Ansichten von den Geschehen rund um sie anvertrauten. Viele kostbare Zeitbilder sind uns verloren gegangen, in Kriegen und Kämpfen zerstört und verbrannt. Aber manches von diesem anonymen Wissen und Erkennen ist in uns gedrungen und hat so unsere Entwicklung bestimmt.

Viele, viele kamen und zogen an mir vorbei: Leo Tolstoi in bäuerlichem Gewand; Friedrich Nietzsche mit einer Marmorstatue des Übermenschen in Händen; Friedrich Hölderlin und Diotima, die er fest umschlungen hielt; Hermann Hesse in indische Gewänder gehüllt, ernst und in sich versunken; Ortega y Gasset mit seiner rechten Hand zum Himmel weisend, wie um zu sagen: ,,Gott in Sicht''.

Und so sah ich unendlich viele. Ein Dichter fiel mir noch besonders auf. Es war der Deutsche Oskar Loerke, der sein gebrochenes Herz mit sich trug. Dieses Herz zerbrach an der Interesselosigkeit seiner Zeitgenossen. Aber in unseren Tagen wurde ein Lyrik-Band von ihm aufgelegt und berührt sehr. Wenn er es nur wüßte, dort wo er nun hin unterwegs ist!

Ja, sie alle brauchen nicht mehr zu sprechen, denn ihre Worte sind in Büchern gebunden und liegen für uns bereit, um uns mit ihrer Weisheit und Tiefe zu helfen, Mensch zu werden.

Jedes ihrer Bücher ist ein Abenteuer der Seele. Diese Männer und Frauen, die jetzt einem unbekannten Ziel entgegenwandern, haben sich auf Erden verschwendet und verschenkt. Wir müssen dieses Geschenk nur annehmen und es bewahren, damit auch künftige Generationen es noch in sich aufnehmen können.

Ziehet still und leise dahin. Auch von dem letzten

großen Licht braucht ihr nicht mehr zu berichten. Wir werden es einst in Eurem Kreise genießen. Und Ihr, die Ihr im Leben stets darum gerungen habt, werdet dann wissen, warum.

TAGEBUCHBLATT EINER FRAU

Der Tag ist vergangen, wie alle anderen auch. Ein wenig Freude und viel Notwendiges. Da klemmte eine Türe, dort brach eine schöne Blüte von der Lieblingspflanze und der kleine, geliebte Hund bellte wieder lange — zu lange und vor allem zu laut — um sein Futter.

Wie muß man aber froh sein, wenn so wenig passiert. Vor allem nichts Bedrohendes. Die Nachrichten meldeten vom Einsturz eines Hauses in Süditalien. Im Morgengrauen wurden die Menschen von den stürzenden Trümmern begraben. Viele Tote ... darunter auch Kinder ... Besonders tragisch dieses Verlöschen, ohne das Feuer des Lebens erlebt zu haben.

Nun versinkt der Tag, der grau und verhangen war und viel Schnee brachte. Die Welt legt ihr Nachtgesicht an. Dieses Gesicht schlummert in Dunkelheit und zunehmender Stille. Licht um Licht verlöscht auf dieser Erde und nur mehr der Himmel bleibt erhellt vom Mond und den Sternen.

Die Ruhe der Nacht breitet sich über uns Menschen auf jener Seite der Weltkugel, die von der Sonne verlassen wurde.

Diese Ruhe ist aber nur eine scheinbare, denn in ihr wirkt das Leben weiter. Alle Lebewesen atmen und träumen. Sie senden ihre Strahlen in die Unendlichkeit des Alls und die Verbindung zum Kosmos zerreißt nicht einmal für den Bruchteil einer Sekunde.

Die Menschen könnten ohne diese Zeitspanne des Versinkens in das Unbewußte das Leben nicht ertragen. In dieser Zeit der scheinbaren Ruhe schöpft nicht nur ihr Körper wieder Kraft, und der Geist ruht den bewußten Anforderungen gegenüber. Das Entscheidende geschieht in der Tiefe der Seele. Im Traum entledigt sich der Mensch seiner unbewußten Bedrängun-

gen und Belastungen. Das von ihm Gespeicherte wird aufgearbeitet.

Es wundert mich nur, daß zum Beispiel Sigmund Freud, der Erfinder der Psychoanalyse, nur von den bösen Gewalten, wie Trieb, Neid, Haß, unerlöstem Sexus und vielem mehr sprach. Vollziehen sich in den Tiefen unserer Seele nicht auch positive Gefühle? Wird dort nicht auch das Gute an sich entwickelt? Ein Mensch muß ja nicht nur eine verworrene, begierdengeladene Welt in sich tragen.

Es kann durch sein positives Denken im Unbewußten doch auch an einer lichten Welt gewebt werden, die dann eines Tages hervorbricht und das bewußte Handeln verschönt.

Die Freude, die verschenkte gute Gedanken bereiten, trägt unsagbare Lust in sich. Also auch so kann unser Urtrieb befriedigt werden.

Aus unserem Denken baut sich unsere Welt auf, und jeder besitzt die Welt, die er zu schaffen imstande ist.

Ich bin müde und werde nun bald in meine Träume versinken, die an einem hellen Morgen wirken mögen.

VERWEHTE SEHNSUCHT

Sie hatte lange gewartet, nun war er heimgekehrt. Aber es war jetzt anders als in jener Zeit, da sie alleine durch die Räume gegangen war und jedes Ding seine Spuren bewahrt hatte. Nun war er hier und erfüllte das Haus mit seiner tiefen Stimme und dem Geruch seines Leibes, der sich verändert hatte. Es waren ihm fremde Düfte beigemengt, die sie erbeben ließen. Jedoch nicht vor Verlangen, nein, vor Abscheu.

Und dennoch — sie stürzte in seine Arme, die fremde Leiber umschlungen hatten, unter einem fernen Himmel, der nicht die Sterne ihrer Heimat eingebettet trug. Fast aber schien es ihr, als ob sie in diesen besudelten Armen nicht Zärtlichkeit, Wärme, oder eine Liebe suchte, die sie einst in ihrem Herzen trug. Sie war ganz einfach müde. Die Vergangenheit hatte das Mark aus ihren Knochen gesogen. Dadurch waren sie kraftlos geworden und weich. Man hatte ihr den Lebenssaft geraubt, dieses Drängende, die leise Unruhe, das Heiße und Zitternde — mit einem Wort — in jenen langen Jahren des Wartens hatte sich all ihre Sehnsucht nach diesem Manne verströmt.

Nun glich sie einem leeren Krug, den man zur Zierde neben das große Fenster stellt, aber dessen leichtgeschwungener Hals vor Trockenheit und Spröde zu zerbrechen droht.

Wie fühlte er es, nun wieder ganz bei ihr zu sein? War seine Seele heil geblieben? Besaß er eine solche überhaupt oder genügten ihm, wie manchen anderen Männern, die vielen, glatten, greifbaren Dinge um ihn her und jenes, das dahinter lebt und webt, hat keinen Platz in seiner Welt?

Dieser Mann aber, das wußte sie aus längst vergangenen Tagen, war einer, der die Töne hörte, die leise auf der Seele Grund erklangen. Und heute, als er dem großen Tor schon nahe war, da blickte er noch kurz und tief sie an in einer Weise, die ihr Innerstes enthüllte und nackt vor seine Füße warf.

Er aber suchte, seit der Stunde, da er in ihre Nähe trat, die Sehnsüchte in ihr, die er einst im Frühling ihrer Liebe wie leises Blütenwehen über seinem Haupte gefühlt hatte.

Diese stete Sehnsucht hatte ihm betäubt und seines Willens beraubt. Jetzt aber schlug ihm Unruhe und Mißtrauen entgegen. Keine Sehnsucht ...

Die Frau tat ihm ein wenig leid, denn er wußte, daß sie so war, so leergebrannt, war seine Schuld. Oftmals fragte er sich, ob es noch Rettung für sie geben könne. Er war guten Willens. Er wollte helfen. Jedoch — liebte er sie noch so wie einst? Die Vergangenheit war schön gewesen — heiß und erregend. Vergangenes aber kehrt nie mehr wieder. Jegliches muß neu geschaffen werden und geschehen. Am Grunde aber jedweden Geschehens, da liegt die Sehnsucht nach dem Unerfüllten und sie ist es und wird es ewig bleiben, die die Menschen durch das Leben trägt.

Die Stunde kam, da wußte dieser Mann, was er zu tun hatte. Er mußte in dieser Frau wieder Sehnsüchte erwecken und nähren — Sehnsucht nach ihm und seiner Liebe. Aber schon in der Stunde der Erfüllung mußte er den Samen legen für neues Sehnen und niemals durfte er ermüden. Dann würde diese Frau wieder bebend und heiß an seiner Seite gehen und keine Macht der Erde sollte sie mehr trennen, nur der Tod.

DAS LEUCHTENDE SIEGEL

Sie fuhren durch die Nacht dem Süden entgegen. Sie und er. Mann und Frau.

Von Zeit zu Zeit schaute sie in sein Gesicht, das ihr vom Widerschein der aufzuckenden Lichter verändert erschien. Fast hatte sie das Gefühl, in einem Boot zu sitzen, das mit großer Geschwindigkeit die Dunkelheit durchtrennte und sich dem Meer entgegenwarf.

Als der Morgen graute, erreichten sie die Stadt am Meer. Das rosig bleiche Licht, das aus dem Osten aufstieg, umschlang eine fast lautlose Kulisse. Das Schauspiel lag in der Luft, aber noch fehlten die Akteure. Nur die Wellen klatschten leise gegen die Grundmauern der Paläste und die schlanken, dunklen Gondeln schlugen dumpf gegen die buntbemalten Piloten. Dann setzte sich, wie von Zauberhand berührt, alles in Bewegung. Da öffnete sich ein Fenster, dort die Türe eines Ladens, auf einem Balkon stimmte ein goldfarbener Vogel seinen Morgengesang an, das Aroma von Kaffee zog durch die Lagunen und am Fischmarkt zuckte es von regenbogenfarbenen Fischleibern.

Die Frau umschlang sich mit bunten Glasperlen und tauchte lachend in das Glitzern. Wie fröhliche Kinder waren die Beiden, die, Schlafwandlern gleich, über die Klippen schritten.

Der Tag war bunt und jede Stunde hatte ihr Gesicht. An den Ständen auf der geschwungenen Brücke über den Canal flatterten die bunten Tücher wie Wimpel von traumhaften Booten, die nur ein Ziel kannten — nicht an den Ufern des Realen zu kentern.

Überall umgaben sie Farben und Schönheit und zur Stunde der Flut stieg das Meer bis an die prunkvollen Paläste und liebkoste die grünbemoosten Aufgänge.

Plötzlich aber waren alle weißen, unruhig flatternden Tauben wie von einem unsichtbaren Netz eingefangen und verschwunden. Da hob die Stunde des Traumvogels an, der in seinem feingesponnenen Nest aus Wünschen und Hoffnungen nun seine weiten Flügel spreizte und sich leise rauschend abhob, um über die Stadt zu fliegen. Nun wurde alles weich und schillernd. Die hohen Spiegeln in den gegen die Sonne verdunkelten Räumen begannen im Lichte der Kerzen zu glühen und kamen die beiden einem von ihnen nahe, erschracken sie über das seltsame Leuchten ihrer Augen.

Überall hob die Liebe an, ihre Pforten aufzutun und sie war durch nichts zu hemmen. Woge um Woge rollte vom offenen Meer heran.

Dann sagte der Mann: „Es ist wunderbar — Liebe."

„Ja, Liebe ..." antwortete leise, fast unhörbar die Frau.

Gierig umschlang sie die Flut der Gefühle und das heimliche Siegel dieser Stadt strahlte weit in das Meer hinaus. Es verlor sich ohne Ende am Horizont.

EIN TROPFEN MENSCHLICHKEIT
Für Frau K.

,,Es strahlt vieles von Ihnen aus,'' sagte ich zu einer jungen Frau, mit der ich in ihrem Geschäft plauderte. ,,Ich verspüre diese Strahlungen stark und sehr wohltuend.''

Wir hatten jede eine Tasse Tee in Händen und nippten von Zeit zu Zeit daran. Die heiße Flüssigkeit tat wohl und wärmte uns.

,,Ja,'' sagte sie und schaute in die Runde. ,,Ich will nicht nur den Frauen jene Dinge probieren lassen und verkaufen, von denen ich glaube, daß sie ihnen passen und sie verschönen. Freude und Befriedigung schenkt es mir, wenn ich ihnen noch ein wenig mehr geben kann. Ein bißchen Zuversicht und Glaube an die Schönheiten des Lebens.''

,,Das gelingt Ihnen wirklich,'' meinte ich. ,,Auch ich profitiere ein wenig davon, obwohl meine Einstellung zum Leben an und für sich positiv ist.''

So unterhielten wir uns über Gott und die Welt und es tat richtig wohl, ein wenig entrückt zu sein. Ringsum wehten leise die leichten Abendgewänder und in den Regalen glänzten die Verzierungen der modischen Pullover.

Da lag eine helle Blüte und unter dem Glas des Verkaufspultes funkelte es wie von unzähligen Diamanten.

Schönheit umgab uns und auch sie wirkte auf uns ein und hob unser Geplauder auf eine höhere Stufe.

Dann verließ ich dieses Zauberland und machte mich auf den Heimweg. Plötzlich wurde ich gerufen. Ich drehte mich um und da kam mir meine Gesprächspartnerin mit einer wunderschönen Tulpe nachgelaufen, die sie mir schenkte.

Ein Tropfen tiefer Menschlichkeit fiel in mein Herz und ich werde ihn dort sorgsam verwahren.

EINE FAHRT DURCH DAS LAND

Nach einer frostigen Nacht brach ein heller Morgen an mit einem Himmel, der einer schimmernden Porzellankuppel glich.

Ein kalter Wind aus dem Osten fegte über die Natur und stäubte die wenigen Schneeflocken, die auf den Wegen und Feldern lagen, hoch. Er spielte mit ihnen und schien ihnen beweisen zu wollen, welche Kraft er besaß und wie leicht das Sein der Schneekristalle sich ihm bot.

Und dennoch lag über dem Land ein starker Friede. Es schlief, obwohl die Sonne immer weiter heranrückte und den Tag erschuf.

Der Friede war aber nur ein scheinbarer, denn wie viel an schicksalhaftem Geschehen verbarg sich hinter ihm!

Die froststarrende Nacht hatte wieder Leben geraubt. Irgenwo in einer Ackerfurche, die schützen sollte, lag ein toter Hase. Seine steifen kurzen Beine hatten noch zu einem Sprung angesetzt und plötzlich ertrug sein kleines Herz diese Kälte nicht mehr. Er hielt an und versank in einen langen Schlaf.

Unter einem wehenden Strauch sträubte ein kleiner Vogel sein Gefieder, um die Kälte von sich abzuhalten. Immer wieder versuchte er, sich von dem glitzernden Ast abzuheben, als hoffte er, in den Lüften die ersehnte Wärme zu finden.

Auf den Straßen und Wegen sah man nur wenige Menschen. Die wenigen waren eingehüllt in Pelze, und nur die Gesichter sahen aus den Umhüllungen hervor. Die meisten von ihnen mußten den Kampf Tag für Tag aufnehmen, welche Gewalten auch um sie herrschten. Die alten Menschen blieben zu Hause und sahen mit erschreckten Augen in die Welt, die ihre schon erstarrten Glieder zu zerbrechen drohte.

Dennoch ging das Leben weiter und unsichtbar dem menschlichen Auge bereitete sich unter diesem Eis das neue Blühen.

Eine Fahrt durch das Land — eine Fahrt durch das Leben. Eine Reise, die viele Ziele kennt, aber an dessen scheinbarem Ende sich wieder ein neues Land auftun wird.

DIE VERWEHTEN STIMMEN

Es gibt Zeiten, da überfallen mich die Stimmen jener, die der sichtbaren Welt verloren sind.

Diese Stimmen trösten mich manchmal. Zumeist aber klären sie etwas Unbewußtes in mir. Eigenschaften, die ich nicht einzureihen weiß, erfahren plötzlich ihre Herkunft.

Wir sind ein Produkt der Vergangenheit und diese Vergangenheit reicht in Jahrhunderte, vielleicht sogar Jahrmillionen zurück, die so weit entfernt von uns ist, daß wir aus ihr keine Essenzen mehr filtern können.

Jene Menschen jedoch, die zu unseren Vorfahren zählen, und die wir zum Teil von Fotos oder persönlich gekannt, ja geliebt haben, sie zeigen oder sagen uns Dinge aus ihrem Leben, ihrer Zeit und ihrem Denken und Fühlen, die wir in unser Dasein eingestreut finden. Ja, nicht nur dies, sie wurden für unseren Lebenslauf bestimmend. Sie haben zu einem gewissen Teil unser Schicksal gelenkt.

Wir sind Teil vieler gelebter Leben und mancher Tropfen unseres Blutes hat die vielen, vielen abgelaufenen Zeiten überstanden und ist in uns und nährt unser stetig klopfendes Herz.

Auch heute erklingen wieder Stimmen um mich. Nicht nur dies — ich sehe diese Menschen vor mir, die sprechen.

Eine Stimme.

Eine Frau ist es, die ich höre und sehe. Sie ist zartgliedrig, schmal und hoch gewachsen. Ihr Gesicht ist regelmäßig, fast schön. Ihre aufgesteckten Haare schimmern, als ob das Licht des Mondes auf sie fallen würde. Ihre Kleidung ist elegant und fein. Der Schnitt und die Farbe wäre in das Ende des 19. Jahrhunderts einzureihen.

Mit einem hellen, leicht fremdländischen Tonfall —

sie dürfte im Osten Europas geboren worden sein — spricht diese Frau nun zu mir:

,,Glaube mir, meine Lebenswege waren verworren und Glück lag nur in seltenen Momenten für mich bereit. Diese Momente waren jene, wenn ich wieder und wieder einen neugeborenen Sohn in den Armen hielt. Der Mann, den ich liebte und der Vater meiner Söhne, gehörte nur zum Teil mir, denn er war Künstler und besonders von den Frauen sehr verwöhnt und heißgeliebt. Dabei pochte mein ostisches Blut stark und besitzergreifend in meinen Adern und nichts fiel mir schwerer, als etwas loszulassen.''

Eine Stimme.

Wieder trat eine Frau in mein Blickfeld. Sie war klein und gebückt und in ärmliche, bäuerliche Kleidung gehüllt. Meine Ururgroßmutter war es, wie ich nach einem Bild erkannte.

Sie sprach in einer fremden Sprache. Ich konnte sie nicht verstehen. Aber ich begriff, was mir das Brot und das Salz, das sie mir entgegenhielt, zeigen sollte. Nämlich: ihre Genügsamkeit.

Eine Stimme.

Sie gehörte einem noch jüngeren Mann in Uniform. Er lächelte sanft und ein wenig kraftlos und hob seine Hände und streckte sie mir entgegen.

,,Ich will mein Kind noch einmal sehen,'' sagte er. ,,Kannst du mir helfen? Ich liebe es so sehr!''

Seine großen blaugrauen Augen weiteten sich. Dann sank er zurück und seine Hände wurden langsam bleich. Eine unbekannte, schwarze Erde verschlang ihn lautlos.

Eine Stimme.

Es war wieder ein Mann, noch jung und schön, der mich anblickte und ein wenig hochmütig meinte: ,,Ich habe nur eines meiner Kinder wirklich mögen. Du warst es nicht.''

Mein Vater mußte es also gewesen sein, der so von mir redete und ein kalter Hauch streifte mich.

Aber wie um mich zu trösten hörte ich nun wieder eine Stimme.

Sie erkannte ich sogleich, noch bevor die Gestalt, zu der sie gehörte, erschien.

Es war jene meiner Mutter. Und da sah ich sie auch schon und ihre Lieblichkeit ergriff mich.

,,Mein Kind, glaube mir, was du auch an Dunklem ererbt, ich liebe dich.

Was du an Gutem in dir trägst — ich liebe es.

Verschwende es an deinen Nächsten. So bist und bleibst du ganz mein Kind.''

Und es wurde still um mich, und ein wenig traurig, aber auch ein wenig beglückt wendete ich mich von den verwehten Stimmen ab und lauschte dem Leben.

EIN FRÜHLINGSHAUCH

Schon als wir aus dem Tor traten, spürten wir, daß es anders geworden war. Die Luft schien weicher und obwohl Kälte und feuchter Nebel uns umgab, so führte sie doch etwas aus wärmeren Gefilden mit sich.

Und wir fuhren noch dazu in südlicher Richtung aus der Stadt. Der Himmel war grau in grau, so wie wir ihn seit Wochen und Monaten erlebten. Aber an manchen Stellen zerriß dieses Grau und dahinter wurde ein ganz helles Blau sichtbar, das einem Porzellan glich, das man noch mit einer feinen, silbernen Farbe übermalt hatte.

Fast konnte man glauben, daß hinter dieser bis an den Horizont reichenden grauen, watteartigen Decke der Himmel sich auf Licht und Helle vorbereitete und nur darauf wartete, um sich uns in dieser hellen Schönheit zu zeigen.

Als wir an unserem Ziel — einem reizenden Biedermeierstädtchen — angelangt waren, versuchte sich sogar die Sonne durch den Nebel durchzukämpfen und auf mancher reichverzierten Hausfassade glänzte durch sie ein goldener Adler oder ein liebliches Frauenantlitz auf.

In den schmalen Gassen und auf den mit barocken Säulen geschmückten Plätzen drang uns plötzlich eine frühlingshafte Luft entgegen. An die südlichen Ausläufer der Berge geschmiegt, schien diese Stadt geschützt und von kalten Winden bewahrt. Die bunten Tücher der Frauen wehten im leichten Wind, gleich fröhlichen Fahnen, die uns verkündeten: ‚Nun wird es wieder anders, glaubt uns. Das Eis ist gebrochen.'

In den Auslagen der Geschäfte blühte ein Meer von Frühlingsblumen. Alle Pastellfarben waren hier ausgebreitet, und sie lachten uns an, sieghaft und so, als wären auch sie ein Beweis dafür, daß alles Lichte nun wieder das Dunkel verdrängen würde.

Ganz so war es leider nicht, denn ab und zu verdunkelte sich der Himmel wieder, und eine feuchte Mahnung schlug uns ins Gesicht.

Aber im großen Park da gab es schon wieder grünen Rasen, der sich trotz Frost und Eis seine Kraft bewahrt hatte und unser kleiner Hund lief glücklich von Halm zu Halm, schnupperte daran und drehte sich immer froh uns zu, als wolle auch er bestätigen, daß alles wieder gut werde.

An manchen sonnenbeschienenen Hängen wagten sich sogar schon kleine gelbe Blüten hervor als erste Boten des großen, bunten Blühens.

Als wir heimkehrten, waren wir von etwas Beglückendem erfüllt. Wir nahmen es mit in unsere Träume. Auch unseren kleinen Hund hatte es erfaßt, denn er wedelte im Schlaf immer wieder, als wollte er jemanden begrüßen.

Vielleicht war es der Frühling, dessen ersten Hauch wir verspürt hatten.

EIN LETZTER BRIEF

Lieber Bruder!

Wie viele Briefe sind in den vergangenen Jahrzehnten über den Ozean geflogen! Von hier nach dort. Von dort zu uns.

Wenn ein solcher Brief von Dir in unseren Händen lag, glühte es ein wenig noch in ihm von jener Tropensonne, die ihn bestrahlt hatte.

Vieles lag auch von Dir darinnen, wenn Du auch einer warst, der niemals um seine wahren Gefühle viele Worte machte. Aber jeder Buchstabe, jeder Beistrich und jeder Punkt erzählte viel von Dir und Deinem Leben ferne der Heimat und damit ferne von uns. Auch ein wenig von Deiner Fröhlichkeit, die nichts und niemand ganz zerbrechen konnte, war durch Deine Zeilen gewebt und begann ein Brief — es war Dein vorletzter — mit den Worten: Geld müßte man haben, — dann ließ uns dieser Satz aus Deinem Munde, der Du bar jeder Wünsche, die man mit Geld erfüllen kann, durch das Leben gingst, leise auflachen.

Was Du brauchtest war nicht Geld. Es hätte Dein Leben nicht verändert. Du brauchtest ein Stück lichter Hoffnung. Und die, so glauben wir, konnten wir Dir schenken. Jahr um Jahr legten wir Dir diesen Strauß an Verheißung an die Schwelle Deines schweren Alltags. Und Tage und Wochen kamen, die erfüllt von großer Freude und ruhiger Geborgenheit für Dich waren, wenn Du bei uns sein konntest.

Allzu schnell vergingen sie, aber die Erinnerung daran füllte jene Stunden, in denen Du alleine und im Geiste die Sprache Deiner Heimat sprechend, die Wege und Landschaften nachvollzogst und im Dämmer der heimatlichen Wälder unsere Gesichter Dir entgegenleuchteten.

Dann versank für Dich die Hitze, die Unrast und der Lärm Deiner Umwelt und Du schöpftest wieder ein wenig Kraft für die täglichen Mühen.

Als Du das letzte Mal bei uns warst, dünkte es fast, daß Dich Deine langbewahrten Kräfte zu verlassen drohten. Immer wieder versankst Du in einen leichten Schlaf, aus dem Du lächelnd wie aus einem schönen Traum erwachtest.

Der Abschied schien uns nicht der letzte zu sein, denn kaum gingst Du weg, begannen wir schon neue Pläne für Dein Kommen zu machen.

Nun bist Du aber fortgegangen in jenes Land, das wir Lebenden nicht kennen. Wir wissen nicht, ist dies hier das wahre Leben oder beginnt es erst an der Grenze, die so stark gezogen ist, daß man keine Laute aus ihren Bereichen vernehmen kann.

Jeder Mensch hat jeweils zwei Möglichkeiten, sich an Wegkreuzungen zu entscheiden. Vielleicht gingen Deine Kräfte so rasch verloren, daß Dir nur der Weg aus dem Leben blieb.

Wir wollen und müssen Deine Entscheidung voll Demut annehmen, obwohl — Du wirst es verstehen — eine tiefe Traurigkeit in uns liegt, weil wir Dir nun nicht mehr helfen können als Mensch und Wesen unserer Art.

Nun bist Du reiner Geist, und Deine Seele hat sich von den Fesseln des Lebens befreit. Ruhe umgibt Dich, die Du so liebtest.

Zuweilen steigen vielleicht noch heiße, irre Dünste von der Erde zu Dir auf, aber sie können Dich nicht mehr bedrängen.

Du hast nun Freiheit — das All hat seine Tore für Dich aufgemacht.

Manchmal scheint es uns, als wärst Du zu uns heimgekehrt und dies tröstet. Aber niemals wollen wir Dich festzuhalten versuchen. Die leiseste Berührung schon wird uns beglücken.

So gehen wir auf Erden hier unseren Weg zu Ende, umgeben von den Strahlen Deiner Seele und Deines Geistes und all jener, die wir einst geliebt.

PFORTENBUCH

ODER

TROSTBRIEFE AN VERLORENE

DEM VERLORENEN GELIEBTEN

Gestern noch verspürte ich die vertraute Wärme Deiner Hände.

Aber ich muß es Dir sagen — Du wirst es vernehmen — auch heute, da diese Hände ewige Kühle ergriffen, weiß ich ihre Wärme zu bewahren.

Es soll in Zukunft nicht anders sein.

Was wir durchlebt ist in uns eingegraben, tief und unverlöschbar, gleich den Geboten auf den Tafeln Moses.

Der Wind streicht manchmal über sie hin und treibt die feinen Sandkörner vor sich her, die er in den Wüsten des Schmerzes aufgelesen hat.

Dann wieder braust ein Sturm über sie hinweg und droht sie zu zerbrechen. Aber die Säulen der empfundenen Gefühle halten stand.

Die Sonne küßt sie morgens nach ihrem langen Weg aus dem Osten kommend und wärmt sie bis zu den leichten Abendnebeln hin.

Frühling, Sommer, der Herbst und der blasse Winter steigen auf und vergehen Jahr für Jahr, und die Züge der Schrift der Liebe werden unzerstörbar sein. Daß es so ist, dafür gilt es nun zu leben.

Und wenn Du, mein Geliebter, Dein Herz dann für den Entscheid bereit machen mußt, so öffne seine Kammern willig und lasse Dein Fühlen entströmen. Es wird den Weg zu mir finden. Liebe kennt keine Fernen, die sie nicht überbrücken könnte.

So wirst Du auch dann, wenn Du Augen, Mund und Hände und alles ablegen mußtest, zwar verwandelt, aber dennoch stetig um mich sein.

Nicht wie Orpheus seine Eurydike werde ich versuchen, Dich zu mir zurückzuholen, in Gestalt und Form wie einst, in Tagen, süß wie Honig.

Du bist bei mir, verwandelt und dennoch immer mein.

DEM JUNGEN KRIEGER

Noch waren Deine Hände weich und zart. Du spieltest vor nicht langer Zeit mit glatten Dingen: einem runden, bunten Ball und derlei mehr.

Deine Stirn war rein.

Vielleicht war sie es gar so sehr, weil Deiner Mutter Hände, kühl und sanft, so oft sie leicht berührt.

Dann brach das Ringen aus und Schwerter klirrten unheilvoll.

Nun wurde Dir die Rauheit zum Begleiter und schaudernd blicktest Du in manchen Stunden auf Deine Hände, durch die das dunkelrote Blut der Gegner rann.

Da Dich die Kugel Deines Gegenübers fand, sehr glatt und heiß, warst Du des Kämpfens schon ein wenig müde.

Wir verstehen Dich.

Es ist nicht eines jeden Sache, die Ziele aus den langgetragnen Träumen fortzuwerfen, für eine große, fremde Erde, die Dich zu verschlingen drohte.

Sie tat es letzten Endes, wie Du es leise schon geahnt.

Jedoch, bedenke Jüngling — als Held gingst Du aus unsren Zeiten.

Was Deinen Händen nun entglitten, ist jenes Paradies, daß Du erbauen wolltest. Aber vielleicht warten ungeahnte Helligkeiten dort auf Dich, wo Du nun hingehst?

Laß stille alles von Dir gleiten und schließe Deine Augen, als Vorhang über unerfüllter Sehnsucht.

Der Weg zur Grenze ist nicht weit.

Das Gericht wird alles dann entscheiden.

Erbebe nicht! Wie kann auch einer nur gegen Dich sprechen, so Du für alle alles gabst?

Suche nicht den Sinn des Geschehenen zu ergründen. Viel Sinnloses geschieht auf Erden hier, und viele Fragen bleiben ohne Antwort.

Ein letzter Salut begleite Dein Entschwinden, bevor Du junger Krieger Dich wieder einreihst in ein Heer. Dann aber geht es nicht um Kampf, Eroberung und Sieg.

Das Urteil kann nur lauten — Verdammnis oder Verklärung.

Wofür hältst Du Dich wert?

Schätzt Du Dein Tun gering, dann sehe ich die Waage der Gerechten für Dich zum Guten schlagen.

Marschiere also — aufrecht und gefaßt —, des Himmels jubelnde Fanfaren glaub' ich Dir gewiß.

DER SCHAUSPIELERIN

Nun trägst Du die letzte Maske.

Die Maske des stillen Entferntseins.

Du trägst sie würdevoll und gekonnt, denn Masken zu tragen, lag Dir von Geburt an im Blute.

Schon als Kind liebtest Du die Verkleidung und Verwandlung und tratst Du, umhüllt und bis in Deine Augen hinein verändert, leise in einen Raum, gespannt und voll Erwartung, wie man Deinen Auftritt akklamieren wird, erschrak selbst Deine Mutter nicht selten über Dein neues Sein.

Später war Dir der abendliche Applaus Nahrung und Stärkung und kein Gefühl und kein Geschehen drang in tiefere Bereiche Deines Wesens.

Eitelkeit war Dein buntschillerndes Gewand und Deine Stimme die unbesiegbare Waffe zum Sieg über die anderen, die da im Dunkeln vor Dir sich vereinigten und auf eine Schwäche von Dir warteten.

Nicht immer warst Du gleich stark und gut. Die Routine aber übertünchte die seichten Stellen.

Einige Male aber, da spieltest Du so, daß einem der Atem stockte und man die Welt mit ihren banalen Realitäten vollkommen vergessen konnte.

Wenn für nicht mehr —, dafür lohnte sich Dein Leben.

Nun ist das Spiel zu Ende.

Versuche nicht, auf Deinen ferneren Wegen etwas zu spielen. Nun entscheidet nur die Wahrheit. Glaube mir, es wird nicht leicht für Dich sein. Du wirst Dich nackt und preisgegeben fühlen und Deine Hände werden nach Tand und Flitter langen wollen.

Das alles brauchst Du dort nicht mehr, wo Du nun hingehst.

Du wirst eingehen in ein grau-fahles Heer, geordnet, aber völlig nivelliert. Der eine ist so wert, wie der andere.

Das Licht oder die Dunkelheit — dies wartet noch. Erst nach dem Gericht gibt man Dir Deine erworbne Hülle.

Du wirst sie annehmen.

Dann wirst Du schon bereit sein.

Ich wünsche Dir, daß Dein Weg dorthin nicht zu lange ist.

Geduld war nie Deine starke Seite.

Jedoch der erste Schritt, den wir zur Erlösung tun, ist jener der Geduld.

Beachte dies und vergiß alles, was man Dir sonst gelernt und empfohlen.

EINEM MÖRDER

Auch Du bist des Trostes bedürftig. Aber er rinnt nur zäh wie kalter Honig über unsre Lippen.

Du hast ein Stück Gottes getötet!

Ist Dir das jemals voll bewußt geworden?

Jeder Mensch hier auf Erden ist Teil der Schöpfung Gottes und tötest Du einen von ihnen, dann tötest Du Gott in ihm!

Was sollen wir Dir mit auf den Weg geben, dessen Du wert bist?

Vielleicht können wir Dir sagen, daß Gott gerecht ist und seine Kinder liebt.

Ein Stück seines Seins liegt auch in Dir. Aber womit hast Du es besudelt?

Graut Dir nicht selbst ein wenig vor Dir?

Ich will nicht fragen, warum Du es getan hast. Fest steht, Du hast die Tat auf Dich geladen.

Nur ein Mensch weint um Dich. Vielleicht erreicht diese Nachricht Dein Herz. Es ist Deine Mutter und ich hörte sie Stunden um Stunden leise vor sich hinsagen: ,,Er ist ein gutes Kind ... Er ist ein gutes Kind ..."

Wann ist der Funke übergesprungen?

Damit hast Du die Reihe verlassen und stehst außerhalb. Die Dich begleiten und umgeben — sie sind Deinesgleichen und wenn Du sie genauer besiehst, trägt jeder ein Mal auf der Stirne.

Der Tod ließ dieses Mal erblassen. Dies soll Dir ein leichter Hoffnungsschimmer auf dem Wege sein. Mehr können wir und wollen wir nicht sagen.

DER REICHEN FRAU

Als Du Abschied nahmst, erging es mir ganz sonderbar. Ich konnte meinen Blick nicht von der goldnen Rose wenden, die man Dir in die Hände hat gelegt.

Sie wurde, nicht nur für mich, für alle, die Dir das Geleit gegeben, zum Symbol Deines Lebens, das nun zerbrochen und zerflattert hinter Dir liegt.

Du warst eine mit Reichtümern überhäufte Frau und jedermann in dieser Stadt wußte es.

Dieser Ruf schien Dir zeitlebens wichtig. Wichtiger als alle Güter, die man mit Geld nicht kaufen kann.

Nachdem Du nun, mit Ausnahme Deiner goldenen Rose, alles, — ja, fürwahr: alles — zurücklassen mußtest, fällt es den anderen und auch mir sehr schwer, Dir eine Tröstung auf die neuen Wege mitzugeben.

Was können wir Dir sagen oder schreiben, das wirklich Wert besitzt in Deinen Augen?

Sollen wir Dir sagen, daß Deine jüngste Dienerin seit Deinem letzten Atemzug das Haar sich rauft und gegen ihre Brüste schlägt?

Fast höre ich Dich, mit einem Blick, der mir ein wenig kalt und grausam dünkt, gleich sagen, daß ihre Trauer wohl dem verlorenen Gelde gelten wird, da keiner sie in dieser Stadt für ihre Dienste so fürstlich entlohnen wird wie Du.

Oder soll ich Dir erzählen, daß Dein kleiner Hund, der abends Dir die Füße wärmte, seit Tagen keine Nahrung mehr berührt und suchend durch die Räume irrt?

Sicher würde es Dich mehr interessieren, daß Deine Aktien fast ins Unerhörte stiegen, aber es ist in Deiner neuen Lage vollkommen wertlos für Dich, das wirst Du wohl verstehen.

So gehe denn hin und zeige an der Brücke Deine goldne Rose.

Vielleicht ist einer unter denen, die Dich richten werden, der Rosen liebt. Wenn die Deine auch nur aus glänzendem Metall getrieben ist.

DEM GLÄUBIGEN

Was Dich erwartet, hast Du in vielen wachen und verschleierten Stunden Dir schon ausgemalt.

Wer so wie Du gelebt, tief vertrauend Deinem liebenden Gott, dem umgab die Erde schon als Paradies.

Du brauchst keinen Trost aus unsren Mündern, die oft ein wenig schal und trocken sich unsren Worten nur ungern öffnen.

Viele unter uns sind Hin- und Hergerissene.

Teils glauben sie das Walten eines Gottes zu verspüren.

Teils dünken sie sich preisgegeben den Taten ihrer zitternden Hände, die mehr als einmal ins Leere langen.

Sahen sie dann Dich so ruhig Deiner Wege gehen, ergriff sie leise Ungeduld.

Sie wollten auch auf Deinen Spuren ziehen und doch so vieles zum Verstummen bringen, das sie von Deinem Gotte trennte.

Kein Gewissen wollten sie empfinden.

Ihre Stunden sollten nicht getrübt werden von Bedenken und Beschränkungen.

Aus der Schrankenlosigkeit versuchten sie, Zufriedenheit zu schöpfen.

Warum hast Du es ihnen nicht gesagt, daß nur in der Beschränkung die Befriedigung verhüllt liegt?

Du warst Dein ganzes Leben lang zu still, in Dich und das Bild Gottes versenkt.

Du meintest, jeder der guten Willens sei, würde auch alleine den rechten Weg finden?

Ja, gehe nur ruhig und gesammelt weiter.

Du weißt wohin.

Ach, wüßten es doch alle!

Die Erde wär' ein Paradies.

DEM UNGLÄUBIGEN

Jeder Deiner Schritte, hastig und zerflattert, brachte Dich auf Deines Lebens Weg nicht von der Stelle.

Dein Ursprung war Dir nicht Anbeginn zur Unsterblichkeit.

Du suchtest nicht Erlösung und verklärtes, ewiges Sein.

Wer hätte Dich auch dorthin führen sollen, da es doch keinen Gott für Dich gab.

Deine Ziele, käuflich und von kurzer Dauer, lagen um Dich verstreut wie bunte Puppen, mit denen Du ein Weilchen spieltest, um sie bald danach von Dir zu werfen und mit leeren Händen zeitvergeudend vor Dich hin zu starren.

Die Stunde, die Du heimlich stets gefürchtet, ist nun angebrochen.

Der graue Schleier Deines Unglaubens ist über Dein Antlitz gefallen und hat das leise Staunen verhüllt, das über Deine Züge glitt, als Du entschwandest. Nach dieser Stunde hast Du Dir nichts erwartet.

Und dennoch — woher rührt dann die Gespanntheit Deines kühlen Leibes?

Erkennst Du nun, wofür es sich zu leben hätt' gelohnt?

Ist Dir der Tod nun erst der wahre Anbeginn und was Du für ein Ende hieltest — Geburt?

So viele Fragen wären noch zu stellen.

Doch sei getrost. Es ist zu spät und keiner hier auf Erden kann je bestätigen, daß Du es nun viel besser weißt.

Zu spät.

DEM BLINDEN BETTLER

Was Du Dein eigen nanntest, waren die wilden Düfte des Lebens und die vertraute Wärme und Kraft Deines Hundes.

Sonst besaßest Du nichts Greifbares.

Und dennoch. Sah Dich einer am gewohntem Platze stehen oder sitzen, botest Du, in Eintracht mit Deinem Hund, ein Bild großen Friedens.

Du begehrtest nichts, wofür andere die besten Jahre ihres Lebens geben.

Im Gegenteil. Du gabst Dich und Deine Empfindungen bereitwilligst an andere her.

Nicht selten sah man Dich im lebhaften Gespräch mit einem Vorübergehenden und Du hieltst ganz leicht seinen Arm, wie um dich zu vergewissern, daß der Mensch noch bei Dir sei und Dich nicht vorzeitig verlasse, bevor Du Deine Gedanken zu Ende gesponnen hattest.

Aber man merkte — die Menschen blieben gerne in Deiner Nähe und was Du ihnen sagtest, ließ sie manchmal leise und froh auflachen und zuweilen auch erstaunen.

Du schenktest Freude, Frohsinn und Erstaunenswertes. So war die Welt durch Dich erhellt, die für Dich nur Dunkelheit verströmte. Und da Du nun ins Reich der Dunkelheiten eingegangen, kann es für Dich nur lichter werden.

Du wirst verstehen, was wir damit meinen, denn Du hast alles gleich mit Deinem Herzen vernommen, das warm und sehr lebendig in Deinen Tiefen lag.

Dem Du Kummer bereitet hast, mit Deinem Abschied von der Zeit, das ist Dein Hund. Man sieht ihn schon am frühen Morgen suchend über die einst mit

Dir begangnen Wege auf und nieder eilen und zuweilen dünkt es einem, als wär' er blind, da er im raschen Lauf sich an den Hindernissen stößt.

Leb' wohl, Du blinder Bettler, und wisse, der Reichtum Deines Herzens wird Dich fortan auf lichten Wegen führen.

EINEM KLEINEN KINDE

Eine Blüte warst Du, die sich erst langsam zu öffnen begann.

Alles lag noch schlummernd in Dir und wartete auf seine Entdeckung.

Welche Freude empfand Deine Mutter bei Deinem ersten Schrei!

Von Tag zu Tag wurden Deine Bewegungen bewußter und der Blick Deiner Augen klarer.

Und dann hast Du das erste Mal gelächelt!

Immer wieder, wenn sich Deine Mutter über Dich beugte, verzog sich Dein winziger Mund und Dein Gesicht wurde strahlend.

Das waren schöne Momente, die die Welt durch Dich genoß.

Dann aber lagst Du bleich und röchelnd in Deiner Mutter Arme und sie rannte schreiend durch das Haus.

Sie konnte nichts wenden.

Es war so bestimmt und nicht anders.

Nun liegst Du ruhig. Ein kleiner Grenzgänger zwischen Gut und Böse.

Du brauchst das Gericht nicht zu fürchten. Du wirst schlafen oder im Wachsein ein wenig mit den Gewändern des Richters spielen.

Danach wartet ein Engel schon auf Dich, der Dich sanft und leicht in lichte Fernen bringt.

Ja, alles wird dann schön für Dich werden, Du zerbrochenes Stück Hoffnung.

DER GREISIN

Dein Weg war lang und oft steinig.

Nun kannst Du ruhen.

Und viele, die Du liebtest, sind Dir schon vorangegangen.

Ein Jahrhundert ist fast versunken und hat Welt und Menschen geprägt.

Was zu Zeiten Deiner Geburt unvorstellbar schien, ist Realität geworden. Eine Wirklichkeit, die alle Ahnungen und Voraussichten weit übertroffen hat. Alles ist anders geworden und deshalb bist Du dem Leben langsam ein wenig fremd geworden. Du konntest Dich in ihm nicht mehr zurechtfinden und in manchen Augenblicken hörte man Dich leise aufseufzen: „Ach, wär' ich doch schon tot."

Nun hat man Dich aus dieser Welt genommen, in der Du aber doch noch manche Freuden zurücklassen mußtest. Den Morgen, wenn die Vogelstimmen mit dem ersten Licht erwachten. Oder die Nachmittage, wenn Du Besuch erwartet hast und Dinge über das Geschehen außerhalb Deines engen Lebenskreises vernahmst.

Dann kamen die stillen Abende, die Du mit Erinnerungen fülltest, um danach in einen seichten, kurzen Schlaf zu versinken, der Dir Träume aus Deiner Jugend bescherte und Du alle jene Menschen wieder nahe um Dich hattest, die einst Dein Herz bewegten.

Tröste Dich! So wird es nun ewig und immer für Dich sein und Deine schönsten Träume werden sich erfüllen. All jene, die liebend in den Fernen Deiner harrten, werden Dich empfangen und Dich umgeben. Leicht und froh wirst Du Dich fühlen, wie einst, da Du als Mädchen durch die Tage gingst und kommende Jahrzehnte Deines Lebens verhüllt im Dunkeln lagen.

Werfe mit all den ertragnen Schmerzen an der Grenze auch Deinen Stock von Dir, der Dir zu gehen half, und genieße die Leichtheit.

Du hast sie Dir wahrhaft verdient.

DEM VATER

In der Stunde Deines Vergehens konnte ich nicht Deine Hände nehmen.

Sicher begannst Du Deinen Weg ruhig und gelassen, so wie Du auf Erden zu gehen wußtest.

Dein Lächeln aber sandtest Du auf die Reise.

In einer Stunde, da mir einer das Herz zu brechen drohte, fand ich am äußersten Rand meines Fühlens einen silbernen Schrein.

Ich öffnete ihn sachte und — da lag es, Dein Lächeln, Vater, in einem milden, milchigen Licht, wie der Mond es uns in lauen Sommernächten spendet.

Es legte sich auf meine Stirne, schmiegte sich an meine Wange und suchte meinen Mund. Es sank langsam in mein Herz.

Nun hatte es sein Ziel gefunden.

Die Tage können seither nicht mehr lichtlos für mich sein.

In manchen Stunden lasse ich es über meine Kinder und Kindeskinder fließen, auf jene also, die zu seinen Erben bestimmt sind.

Du schreitest still und ernst durch die Welten, aber, sei getrost Vater —

Dein Lächeln lebt.

DER MUTTER

Du mußtest gehen.

Wir wissen es, tief in uns, dort, wo die Worte ihren Klang verlieren und nur mehr Nachhall tönt.

Sei getrost — wir wissen es.

Sorge Dich nicht mehr um Deine Mutter. Sie geht ihren Weg zu Ende.

Sorge Dich nicht um das Kind. Es wird seinen Weg zu Ende gehen, wenn auch fortan mit einem Herzen, das immer ein wenig blutet.

Sorge Dich nicht um den Mann. Dein Kind begleitet seinen Weg.

Bedenke, was Du uns geschenkt in der Zeit Deines Weges.

Die Erinnerung soll die Zukunft erhellen.

Und Licht fällt über jedes Ding, das Du einst berührt.

Wälder und Berge, die Du geschaut, halten sich grünend für uns bereit.

Deine Gedanken und Gefühle sind uns allen, die Du liebtest, eine wärmendes Kleid.

So wir Dich getröstet über unsere Wege ohne Dich, so bist Du getröstet auf Deinen Wegen ohne uns.

Wir wissen es.

Alles andere liegt im Dunkel.

Vielleicht dringt Licht in unser Denken, wenn wir die Grenze einmal überschreiten.

Wie werden wir Dich wiederfinden?

GERHARD MÖRTL

Wie in den von Gertrud Fink in der Edition Roetzer, Eisenstadt, in den letzten Jahren erschienenen Büchern stammen die Hinterglasornamente auch in diesem Band von Gerhard Mörtl.

Diese geschaffenen Ornamente scheinen förmlich aus den Texten zu wachsen, und für die Autorin war es sehr einfach, die jeweiligen Muster den bestimmten Kapiteln zuzuordnen.

Es bestätigt dies einmal mehr die geistige Verwandtschaft dieser beiden Schaffenden.

Gerhard Mörtl ist unermüdlich tätig und sehr produktiv, was die im Vorjahr gezeigte große Ausstellung im Stift von St. Paul im Lavanttal eindrucksvoll bewiesen hat.

MARIA WAGNER

in Wien geboren, wo sie auch lebt und arbeitet. Erlernte an der Modeschule Hetzendorf zunächst das Goldschmiedgewerbe, nebst allgemeiner künstlerischer Ausbildung. Sie übte dieses Gewerbe aber nicht aus, denn ihr eigentliches Interesse galt der Malerei, speziell dem Aquarell.

Bei einem Kurs für ,,Chinesische Tuschmalerei'' im Stift Geras, Waldviertel, wurde sie mit dem chinesischen Maler Mak Siutim bekannt, der sie für diese traditionsreiche Maltechnik der Chinesen begeisterte.

Im Rahmen von Kursen des ÖGCF, der Gesellschaft zur Förderung freundschaftlicher und kultureller Beziehungen zur VR China wurde sie von ihm nicht nur in der Kunst der richtigen Pinselführung, sondern auch in der für die chinesische Malerei wichtigen ,,inneren'' Einstellung unterwiesen.

Die Malerin konnte bereits bei Ausstellungen in Wien und Niederösterreich ihr Können erfolgreich unter Beweis stellen.

Ihre Bilder im Buch von Gertrud Fink wurden zum Teil aus Exponaten in Chinesischer Tuschmalerei sowie Skizzen in graphischer Mischtechnik zusammengestellt.